Die Kuschellüge

Die Autorin Brigitte Cleve wurde 1948 in Nordrhein-Westfalen geboren und verbrachte dort Kindheit und Jugendjahre.

Nach einer kaufmännischen Lehre zog sie nach Nordfriesland, arbeitete in Husum fünf Jahre als Sparkassenangestellte, zwei Jahre als Sekretärin für eine Maschinenfabrik und von 1978 bis 2001 für die Deutsche Bank AG im In- und Ausland.

Als sie im Alter von 53 Jahren abgefunden wurde, ließ sie sich zur Altenpflegerin ausbilden und war bis 2008 als examinierte Fachkraft in einer Diakoniesozialstation tätig.

Mit ihrem Mann lebt sie heute in Flensburg. Näheres über bisher veröffentlichte Bücher auf der Homepage www.brigitte-cleve-books.de

BRIGITTE CLEVE

Die Kuschellüge

Den Anstoß zu diesem Buch erhielt die Autorin durch eine wahre Geschichte und schrieb sie deshalb mit veränderten Namen und Schauplätzen als Romanfassung nieder.

Bibliografische Information der Deutschen Nationalbibliothek:
Die Deutsche Nationalbibliothek verzeichnet diese Publikation in der Deutschen Nationalbibliografie; detaillierte bibliografische Daten sind im Internet über http://dnb.dnb.de abrufbar.

© 2018 Brigitte Cleve
Lektorat: Anitas Textstübchen
Cover: VercoDesign
Satz, Herstellung und Verlag:
BoD – Books on Demand

ISBN: 978-3-7528-8130-1

Kapitel 1

Laura litt Höllenqualen. Sie hatte David am Vorabend nicht nur sinnbildlich in die Flucht geschlagen.

Sie musste verrückt gewesen sein, ihn erst zu animieren, mit ihr den Abend und die Nacht zu verbringen, um ihn kurz darauf zu attackieren, als er darauf eingegangen war.

Verdammt, sie hatte es versemmelt und mit ihrem hysterischen Anfall das Ende ihrer ersten tatsächlichen Wunschbeziehung eingeläutet, bevor sie sich überhaupt hatte entwickeln können.

Die Umgebung des in die Jahre gekommenen Ferienhäuschens in St. Peter-Böhl, dessen Tür die fast 30-jährige Laura gerade eben frustriert hinter sich zugeworfen hatte, wirkte gegen acht Uhr an diesem sonnenhellen Julimorgen noch wie ausgestorben.

Einen klaren Gedanken konnte sie nach dem verkorksten Ende des ganz anders geplanten Vorabends immer noch nicht fassen.

Wie aufgezogen eilte sie die als »Kuhstieg« bezeichnete schmale, nach Westen gehende Abzweigung der Böhler Landstraße entlang. Erst als sich die Unebenheiten des daran anschließenden Schotterweges zum Böhler Leuchtturm schmerzhaft durch die dünnen Sohlen ihrer Sandaletten auf ihre Fußsohlen übertrugen, verlangsamte sie ihre Schritte.

»Seitenstiche, auch das noch«, japste sie ein paar Minuten später. Nachdem sie sich dann wegen der plötzlichen, stakkatohaft auftretenden Schmerzen gezwungen sah, eine Marschpause einzulegen, stellte sie mit Entsetzen fest, dass sie noch ein weiteres Problem in den Griff bekommen musste. Ihre Blase drückte wie verrückt. O nein, auch das noch. In ihrer Verstörtheit hatte sie es tatsächlich versäumt, gleich nach dem Aufwachen zur Toilette zu gehen. Laura merkte entsetzt, dass ihr schnell eine Lösung einfallen musste, bevor sie sich unweigerlich einnässte.

Hektisch um sich blickend entdeckte sie schließlich Spuren eines Trampelpfades. Er schien vom rechten Wegrand aus zu dem Wäldchen zwischen den letzten Häusern des Ortsteiles Böhl und dem Deich vor den Salzwiesen zu führen.

Wahrscheinlich war es reiner Zufall, dass ihr bis jetzt noch niemand auf der Zuwegung zur Deichkrone begegnet war, aber das konnte sich jeden Moment ändern. Allein die Vorstellung, dass Jogger oder Spaziergänger an ihr nassgepinkelte Shorts bemerken könnten, ließ sie voraussehend vor Scham erröten. Verdammt, um eine derartige Blamage zu vermeiden, blieb ihr nur, ganz fix in der Nähe einen Sichtschutz zu finden.

Nur einige Meter vom Hauptweg entfernt fiel ihr Sekunden später unter Kiefern und Fichten eine Gruppe von Sanddornbüschen auf. Zwischen wuchernden Farnen und kniehohen Sträuchern, die den Pfad immer enger werden ließen, kämpfte sie sich eilig zu der Stelle durch. Dass dabei ihre nackten Waden von Brombeerranken attackiert wurden, nahm sie in ihrer Not kaum wahr. Während sie hektisch ihre Shorts bis auf Kniehöhe über die Schenkel zerrte, befürchtete sie, schon lospinkeln zu müssen, bevor sie in die Hocke kam.

Puh, geschafft. Sie stöhnte wohlig, während sie sich erleichterte. Fast hätte sie laut gelacht, wären da nicht diese merkwürdigen Geräusche gewesen. Was sirrte und brummte da bloß so penetrant? Hoffentlich war sie keinem Wespennest zu nah gekommen.

Beunruhigt richtete sie sich auf, zog hastig ihre Shorts hoch, ging ein paar Schritte und entdeckte einen Moment später den Grund für die ihr nun noch unheimlicher erscheinenden Töne: Einen halben Meter vor ihren Füßen lag etwas, das von blau schillernden Schmeißfliegen besetzt und umschwärmt wurde. Laura glaubte, unter all dem Gewusel graubraune Fellreste zu erkennen. Eine tote Katze? Nein, wohl eher ein Kaninchenkadaver. Sie schaute genauer zu der Stelle hin, an der sie den Kopf des verwesenden Tieres vermutete. Was war das denn? Krochen da nicht aus den sonst leeren Augenhöhlen fette weiße Maden? Der ekelerregende Anblick löste in Laura schlagartig eine Erinnerung an ihren letzten Sommeraufenthalt im Nordseebad St. Peter-Ording aus, in dem ebenfalls ein Kaninchen eine Rolle gespielt hatte.

Sie musste damals, als ihre Eltern sie für die großen Ferien in die Obhut von Edi, dem Bruder ihrer Mutter, gegeben hatten, elf Jahre alt gewesen sein.

Ihre Gedanken drifteten ab. Was hatte sie seinerzeit eigentlich falsch gemacht, dass Onkel Edi seit dem Ende dieses Sommers nichts mehr von ihr hatte wissen wollen? Merkwürdig auch, dass in der Familie danach sein Name nicht mehr erwähnt wurde.

Laura zwang sich, ihren Blick von dem Kadaver weg nach oben zu den Baumkronen zu lenken, was aber leider noch das Gefühl verstärkte, um sie herum würde sich alles drehen.

Sie wankte, fiel auf die Knie, würgte und erbrach schließlich gelben Schleim, der auf dem vorher noch zartgrünen Moospolster ein ekliges Muster hinterließ. Der Würgereiz hielt noch eine Weile an, obwohl ihr gequälter Magen schon nichts mehr von sich geben mochte. Mit geschlossenen Augen fischte sie ein schon gebrauchtes Papiertaschentuch aus ihrer Hosentasche und wischte sich damit ihren verschmierten Mund ab. Die Furcht, ohnmächtig zu werden, wenn sie noch länger in der Nähe ihres Ekelfundes blieb, ließ sie, wenn auch mit Mühe, wieder auf die Beine kommen. Stur geradeaus blickend, anfangs mehr stolpernd als einigermaßen normal gehend, gelang es ihr, den Pfad Schritt für Schritt weiterzuverfolgen. Bis zum Deich konnte es nicht mehr weit sein. Sie vermutete, dass die seit ihrem Aufbruch kontinuierlich steigende Temperatur an diesem Sommermorgen auf einen Juli-Hitzerekord zusteuerte. Was sie jetzt dringend brauchte, war eine frische Nordseebrise.

Zwischen den letzten Kiefernstämmen des Wäldchens und dem Deich konnte sie bereits Teile des rot verklinkerten Leuchtturms von Böhl durchschimmern sehen, als sie erneut schlappmachte. An den Rändern des Pfades hatten sich zwischen den vereinzelten Bodendeckern Sandmulden gebildet. Laura steuerte die nächstliegende an und ließ sich in ihrer Mitte erschöpft auf den Rücken fallen. Die Hände auf den noch grummelnden Bauch gelegt, versuchte sie, tief in ihn hineinzuatmen.

Über ihr zogen am kobaltblauen Himmel von Westen kommende Schäfchenwolken ihre Bahn Richtung Osten. Während sie ihnen nachschaute, spürte sie, dass sie langsam wieder klarer denken konnte. So weit, so gut. Leider gefiel ihr nur nicht, was dabei herauskam.

Der Eklat mit David am Vorabend musste sie total aus der Bahn geworfen haben. Hätte sie sonst vorhin der Anblick eines kleinen Kaninchenkadavers beinahe in Ohnmacht fallen lassen?

Warum sie sich gestern, kurz nachdem sie mit David in St. Peter-Ording angekommen war, von einer jungen, wenige Stunden vorher noch lustigen Frau in eine Furie verwandelt hatte, konnte sie immer noch nicht nachvollziehen. Der letzte Vorfall, bei dem sie sich in einer ähnlichen Situation von einem anderen männlichen Wesen bedrängt gefühlt und dabei die Kontrolle über sich verloren hatte, lag schon gut ein Jahr zurück.

War sie tatsächlich krank im Kopf, wie David schreiend behauptet hatte? Immerhin musste sie zugeben, dass sie bei früheren Panikattacken noch nie auf jemanden eingeschlagen und ihn dabei verletzt hatte.

Es war nicht seine Schuld, dass sie schon beim Betreten des in die Jahre gekommenen Ferienhäuschens der Familie gespürt hatte, ihr könnte dort etwas gefährlich werden.

Ihre bis dahin zuversichtliche Stimmung war da schon gekippt. Hätte sie ihn warnen müssen, dass sie nach einem solchen Vorzeichen unberechenbar sein konnte?

Laura befürchtete, dass ihr Gott sei Dank mit den Jahren schwächer gewordener Drang, im aufgeregten Zustand Selbstgespräche zu führen, gerade wieder Oberhand gewann. Sie presste sich genervt die Fäuste an die Schläfen, um gegen ihn anzukämpfen, und spürte Sekunden später, dass es schon wieder losging.

Okay, ich weiß, dass ich bald 30 werde und Laura Kleinschmidt heiße. Warum etwas mit mir nicht in Ordnung sein soll, wie meine Mutter und andere behaupten, weiß ich leider immer noch nicht.

Ist es nur eine Ironie des Schicksals, dass sich mein Vorname von der Lorbeerpflanze ableiten lässt, obwohl ich alles andere als eine Siegerin bin?

Falls du, Mutter (Mama mag ich dich schon lange nicht mehr nennen), dir vor 29 Jahren vorgestellt haben solltest, ich würde einmal von Lorbeeren bekränzt durchs Leben gehen, musst du dich getäuscht haben.

Um dich, Papa, zu fragen, ob du Vorstellungen hattest, was mal aus mir werden sollte, war ich in der Zeit, bevor du bei diesem schrecklichen Unfall im Kosovo umkommen musstest, noch zu jung.

Deine Witwe ist bis heute der Meinung, dass du unter dem Atlas-Syndrom gelitten hast, weil du meintest, alles Leid dieser Welt nicht nur in Bildern festhalten, sondern auch auf deinen Schultern tragen zu müssen.

Ob sie so wie ich um dich getrauert hat, weiß ich nicht. Fest steht, dass sie nach deinem Tod zielstrebiger denn je daran arbeitete, sich als taffe Steuerberaterin einen Namen zu machen.

Nach meinem Abitur hatte ich keinen Schimmer, was aus mir werden sollte, also ließ sie mich eine Weile Hilfsarbeiten in ihrer Steuerkanzlei machen. Einmal fiel mir dabei beim Sortieren von Akten auf, dass sie handschriftlich »Nomen est omen« auf den Ordnerdeckel eines Vorganges geschrieben hatte, den sie für einen besonders gut betuchten Kunden bearbeitete. Sein Name war Gierig.

Bei mir könnte man diesen schlauen Lateinspruch höchstens mit dem ersten Teil meines Nachnamens in Verbindung bringen. Ja, bei einer Körpergröße von 163 Zentimetern dürfte das passen.

Als man mir sagte, dass du, Papa, nie wieder zu uns zurückkommen würdest, konnte ich das lange

Zeit nicht glauben. Auf Fotos siehst du um mehr als einen Kopf größer aus als meine Mutter, aber selbst sie könnte noch auf meinen spucken. Habe ich vielleicht irgendwann vor lauter Kummer aufgehört zu wachsen?

Auf die Waage bringe ich knapp 53 Kilo, was kaum mehr ist als zu den Zeiten, als ich in meiner Pubertät haarscharf an einer Magersucht vorbeischrammte. Mutter hat das damals ganz schön nervös gemacht. Wahrscheinlich weniger wegen eventueller Auswirkungen auf meine Gesundheit als aus der Befürchtung heraus, man könnte sie für eine Rabenmutter halten.

Was meine geistigen Fähigkeiten angeht, war ich in ihren Augen vermutlich schon immer ein Leichtgewicht. Okay, trotz Nachhilfestunden habe ich nur ein grottenschlechtes Abitur geschafft, was sie angeblich nicht wunderte. Vielleicht hat sie sogar recht damit, dass ich noch nie etwas richtig in die Reihe bekommen habe. Dass ich bis heute noch nicht fähig bin, mir meinen Lebensunterhalt selber zu verdienen, passt doch auch dazu, oder? Ich vermute, als Steuerberaterin hat sie mich schon vor einiger Zeit als Verlust abgeschrieben.

Okay, okay, ich wollte sie treffen, als ich ihr einmal an den Kopf warf, Menschen, die gerne mit Zahlen jonglierten, könnten unmöglich ein Herz haben.

Musste sie deshalb gleich bissig kontern, ich würde mich für überhaupt keinen Beruf eignen?

Die gute Beurteilung der Fotografin, in deren Laden ich mit Freude und Interesse ein Jahr nach meinem Abitur ein Praktikum absolvierte, hat sie nur verächtlich kommentiert und mir die in Aussicht gestellte Ausbildung madig gemacht.

Moment mal, könnte es vielleicht sein, dass sie mit dem Thema Fotografie nie wieder etwas zu tun haben wollte, weil es sie zu sehr an dich erinnerte? Die Bemerkung, ich solle mir nicht einbilden, in deine Fußstapfen zu passen, war jedenfalls überflüssig, boshaft und grausam.

Papa, warum musstest du ständig als Journalist und Pressefotograf das Leid der Welt unter die Lupe nehmen? Warst du lieber unterwegs, anstatt dich um deine Familie zu kümmern? Was hast du gedacht, wenn du von deinen Reisen nach Hause kamst und feststelltest, dass da auch nicht immer alles nur Friede, Freude, Eierkuchen war?

Manchmal stelle ich mir vor, was wir noch zusammen hätten erleben können. Und dass du verständnisvoller mit mir umgegangen wärst als meine Mutter, wenn ich etwas falsch machte, und ja, auch das wäre wichtig für mich gewesen: Du hättest mir viel über die Kunst guter Fotografie beibringen können. Die interessiert mich übrigens heute noch.

Verdammt, wie konntest du mich im Stich lassen und dich während dieser Balkantour in Gefahr bringen? Ich war doch gerade erst zwölf geworden.

Laura hatte schon früher ihre Kopfkinovorstellungen gehasst und war geschockt, dass sie vorhin nach längerer Pause wieder zurückgekehrt waren. Mit sanftem Fingerspitzendruck massierte sie ihre Schläfen und strengte sich an, dabei an etwas Angenehmeres als die Ereignisse der letzten Stunden zu denken.

In wenigen Wochen würde sie ihren 30. Geburtstag feiern können. Sie hatte den 3.9. zwar in ihrem Kalender rot markiert, aber feiern? Mit wem denn? Mit David wohl kaum noch, und andere Freunde, die sie zu dem in ihren Augen dämlichen Brauch vergattern könnten, als Lachnummer eine stadtbekannte Treppe fegen zu müssen, bevor man sich zusammen besoff, hatte sie nicht. Auch mit Arbeitskollegen, die dafür infrage kämen, war sie nach dem Abitur während ihrer schnell wechselnden Minijobs in zweitklassigen Boutiquen oder Billigshops nie warm geworden.

Frustriert krallte sie ihre Finger in den Sand. Sie wusste zwar, dass für sie aus dem Erbe von Oma Johanna, der Mutter ihres Vaters, an diesem Geburtstag ein bis dahin fest angelegter Betrag frei werden sollte, aber selbst mit dieser Finanzspritze würde sie auf Dauer nicht vom Tropf ihrer Mutter loskommen. Himmel, sie, der bisher niemand etwas zugetraut hatte, brauchte unbedingt eine zündende Idee, um das zu ändern.

Ihre frühmorgens noch unerträglich gewesenen Kopfschmerzen flauten langsam ab. Kurz nachdem sie aufgewacht war, war es in ihrem Oberstübchen zugegangen, als würden Scharen von emsigen Handwerkern darin sägen, klopfen und hämmern. Sie hatte verstört ihre brennenden, vom Heulen geschwollenen Augenlider abgetastet und sich schlagartig an die Gründe für ihren vermaledeiten Zustand erinnert. Die Heftigkeit und die Folgen ihrer Panikattacke waren ein Thema, aber dass sie danach aus Frust ganz alleine die aus Hamburg mitgebrachte Flasche Rotwein geleert hatte, fand sie nachträglich betrachtet nur noch daneben.

Wie hatte sie es im beschickerten Zustand bloß über die steile Treppe nach oben in die größere der beiden Schlafkammern des bescheiden dimensionierten Ferienhauses schaffen können? Egal, irgendwie musste es ihr ja wohl gelungen sein, in das vor langer Zeit mal moderne Doppelbett eines bekannten skandinavischen Möbelherstellers zu fallen, um ihren Rausch auszuschlafen.

Das Wort Morgengrauen hatte für Laura nicht nur wegen ihres Monsterkaters eine neue Bedeutung bekommen. Im gnadenlos durch die schon etwas fadenscheinig gewordenen Fenstervorhänge fallenden Licht hatte sie frustriert die Hälfte des Doppelbettes angestarrt, in der, wäre alles gut gegangen, David hätte liegen sollen.

Ihre Gedanken gingen zurück zu den wenigen lockeren Verabredungen, die zwischen ihm und ihr seit Mitte Juni zustande gekommen waren und bei denen er sich ihr gegenüber eher noch wie ein großer Bruder verhalten hatte. Selbst bei einem Kuss-Intermezzo in ihrer Wohnung, als er sie einmal von zu Hause abgeholt hatte, war es zwischen ihnen zu nicht mehr als einer noch moderaten Tuchfühlung gekommen. Das einerseits von ihr ersehnte, andererseits aber auch gefürchtete »Mehr« hätte sich in der Woche vor ihrer gemeinsamen Fahrt nach St. Peter-Ording anbahnen können. Als David ihr nach dem späten Ende eines Livekonzerts in der Nähe seiner Wohnung angeboten hatte, bei ihm zu übernachten, waren ihr trotz seiner Freundlichkeit Bedenken gekommen. Unter dem Vorwand, sie sei zu beschwipst und ihr Magen könnte das übel nehmen, hatte sie ihn – hin- und hergerissen zwischen Bedenken und Bedauern – gebeten, ihr ein Taxi zu rufen.

Falls er sauer gewesen war, hatte er es sich beim Abschied nicht anmerken lassen, sondern sie in den Arm genommen und gemeint: »Das tut mir leid. Ich hätte besser auf dich aufpassen sollen. Aufgeschoben ist nicht aufgehoben.« Zwinkernd war dann noch der Zusatz gekommen: »Sag Bescheid, wenn du mal Lust hast, dich bei mir mit einer Apfelschorle verwöhnen zu lassen.«

Reiner Zufall, dass sie im Auftrag ihrer Mutter ein paar Tage nach St. Peter-Ording fahren sollte und David sich dort zur gleichen Zeit mit einem Freund verabredet hatte, der als Strandsegler für ein bevorstehendes Rennen trainierte. Da ihr Golf kurz vorher mit einem Getriebeschaden ausgefallen war, hatte sie Davids freundliches Angebot, sie vor dem alten Ferienhaus ihrer Familie abzusetzen, gerne angenommen.

Zwischen ihrem gestrigen Aufbruch in Hamburg und der Ankunft im Nordseebad St. Peter-Ording war sie bei zunehmend guter Stimmung zu dem Schluss gekommen, David nicht weiter hinzuhalten. Ja, sie musste es wagen, musste sich endlich Klarheit darüber verschaffen, ob sie mit ihm ohne Panikattacke intim werden konnte. Was echte Verliebtheit bedeutet, hatte sie an sich erstmals entdeckt, seit sie David kannte. Es war für sie an der Zeit gewesen herauszufinden, ob sich ihr altes Problem, hautenges Zusammensein mit einem Mann nur unter Schnappatmung zu ertragen, in seinem Fall in Luft auflösen würde. Von den besagten Schmetterlingen im Bauch hatte sie bisher nur gehört. Wahrscheinlich hatte sie ihnen ausgerechnet jetzt, wo sie glaubte, ihr Flattern am eigenen Leib verspürt zu haben, ihre Überlebenschance genommen.

Umso katastrophaler war ihre Bilanz an diesem Morgen ausgefallen.

Selbst zu einer Katzenwäsche hatte sie sich nach dem Aufwachen nicht durchringen können, sondern nur hektisch aus ihrer Reisetasche ein hellblaues Sonnentop sowie ausgefranste, knapp geschnittene Jeansshorts gefischt, bevor sie sich damit – für den noch kühlen Morgen zu leicht bekleidet – nach draußen begeben hatte. Prompt war ihr schon nach wenigen Schritten fröstelig geworden. Noch einmal zurückzukehren, um sich eine Jacke zu holen, war nicht infrage gekommen. Sie hatte nur noch den Wunsch verspürt, von dem Haus wegzukommen, das ihr offenbar unkontrollierbare, Angst auslösende Gefühle aufzwingen konnte.

Wenn sie David gestern bloß nicht überredet hätte, die erste Nacht seines Urlaubs bei ihr und nicht, wie ursprünglich geplant, bei einem Freund zu verbringen, wäre es zu ihrer unsäglich peinlichen Vorstellung gar nicht gekommen. Aber wie hätte sie auch ahnen sollen, dass sich die ausgelassene Stimmung, die zwischen ihnen beim Betreten des altersschwachen Ferienhäuschens immer noch herrschte, bald danach ins Gegenteil verkehren würde.

Vor ihren Augen lief wie in der Wiederholung einer Filmszene noch einmal ab, was danach passiert war.

Nach einem kurzen Erkundungsgang, auf dem sie David die wenigen Räumlichkeiten zeigte, war er der Meinung, dass sie sich vor dem Essen eine Dusche gönnen sollte. Er erklärte sich bereit, währenddessen in der Miniküche schon mal den Tisch zu decken, die aus Hamburg mitgebrachte Rotweinflasche zu öffnen und den von ihr zu Hause vorbereiteten Gemüseauflauf in den Backofen zu schieben. Ihr war es recht.

Damit, dass er sich innerhalb weniger Minuten für einen anderen Ablauf entscheiden würde, rechnete sie nicht, war aber auch nicht ärgerlich, als er fröhlich pfeifend zu ihr in die enge Duschkabine hüpfte.

Zuerst hatte sie sogar laut gejuchzt, als sie sich gegenseitig nass spritzten, wie Teenager herumalberten, sich küssten und danach anfingen, sich gegenseitig einzuseifen. Auch seine Aufforderung, sie solle sich mal umdrehen, damit er sich ihrer Rückseite widmen konnte, löste bei ihr im ersten Moment noch keinen Widerstand aus. Der kündigte sich erst an, als er – inzwischen merklich erregt – seine Bemühungen intensiv auf ihren Hintern konzentrierte und seine Hände schließlich zwischen ihre Pobacken schob, um seiner Härte Platz zu verschaffen.

»Nein, geh weg, ich will das nicht«, rief sie schrill, drehte sich blitzschnell zurück und versetzte David einen Faustschlag auf die Nase.

Nach einem Moment der Verblüffung sprang er wütend aus der Dusche. Während er sich nur flüchtig mit seinem hellblauen Badetuch aus seinem Reisegepäck abtrocknete, färbte es sich an einer Stelle rot. Mit dem Ausruf:

»Wie krank ist das denn? Du kannst doch nicht alle Tassen im Schrank haben, ich packe meine Sachen«, warf er ihr das nasse Tuch vor die Füße und stürmte aus dem Minibad.

Minuten später hörte Laura den aufheulenden Motor seines neben dem Haus geparkten Geländewagens.

Sie musste danach noch einige Zeit unter dem inzwischen kalt gewordenen Wasserstrahl gesessen und wie hypnotisiert auf Davids blutige Hinterlassenschaft gestarrt haben, bevor sie einigermaßen wieder zur Besinnung gekommen war.

Heute, nachdem ihre Erinnerungen zumindest wieder ein paar Konturen mehr aufwiesen, vermutete sie noch eine weitere Ursache für den plötzlichen Widerwillen gegen Davids Vorhaben. Sie konnte sich doch unmöglich nur eingebildet haben, dass Sekunden vor ihrem Ausraster bunte Blitze über die Kachelwand der Dusche geflitzt waren, um danach in ihren Kopf einzudringen. Wenn sie ihr Oberstübchen hatten entern wollen, um sie vor einer Gefahr zu warnen, war ihnen das jedenfalls perfekt gelungen.

Derart aggressiv wie am gestrigen Abend war sie noch nie einem Mann gegenüber geworden bzw. keinem, der annehmen konnte, sie wolle sich auf ihn einlassen.

Und wenn nun David damit richtiglag, dass sie über die selbst ihr bekannten Schwierigkeiten hinaus noch ein viel größeres Problem hatte?

Kapitel 2

Schrille Möwenschreie ließen Laura aus ihrem Kurzschlaf hochschrecken. Ganz gleich, ob sie sich auf den Weg zurück zum Haus machen oder noch weiter in Richtung Wasser laufen wollte, musste sie zuerst zur Deichkrone gelangen, auf der der Böhler Leuchtturm Wache hielt. Sie hatte Durst, einen widerlichen Geschmack im Mund und eine pelzige, geschwollene Zunge. Erst jetzt begriff sie, dass sie mit ihrem überstürzten Aufbruch nicht nur den Zustand ihrer vollen Blase missachtet, sondern auch eine sonst ständige Begleiterin, ihre Trinkwasserflasche, vergessen hatte.

Nachdem sie wieder auf den Beinen stand, musste sie sich jede Menge Sand aus den wie paniert aussehenden Klamotten klopfen. Dass der ebenfalls auf ihrer Kopfhaut und zwischen ihren honigblonden, halblangen, jetzt auch noch verschwitzten Haaren saß, war anzunehmen. Im gepflegten Zustand waren sie ihrer Meinung nach neben ihren großen, von dunklen Wimpern umrahmten, hellblauen Augen so ziemlich die einzig vorzeigbaren Attribute ihrer Erscheinung. Sie schüttelte die Haare mehrere Male über Kopf aus, bevor sie sich, immer noch etwas wackelig auf den Beinen, daranmachte, den Deich zu erklimmen.

Oben angekommen, betrachtete sie stirnrunzelnd das schwere Holzgatter, das man passieren musste, um auf den Steg zu gelangen, der durch die Salzwiesen zum Strand führte.

Onkel Edi hatte ihr mal erklärt, dass man es angebracht hätte, damit Schafe, die man im Deichvorland grasen ließ, nicht ausbüxen konnten. Als Kind mit dünnen Ärmchen hatte sie es jedenfalls früher nie ohne fremde Hilfe geschafft, es aufzustemmen. Leider sah sie sich in ihrem lädierten Zustand an diesem vermaledeiten Morgen ebenso wenig in der Lage. Auf dem Deich wuselten zwar in beiden Richtungen etliche Fußgänger umeinander, in der Nähe des Tores konnte sie aber blöderweise keinen einzigen entdecken, der Anstalten machte, den Weg zum Wasser einzuschlagen oder einen, der von dort zurückkam.

Sie beschloss, den Kampf mit dem schräg angeschlagenen und damit noch schwerer zu handhabenden Tor auf sich alleine gestellt gar nicht erst aufzunehmen. Wahrscheinlich war es mit ihrem immer noch grummelnden Magen und dem zunehmend quälenden Durstgefühl sowieso nicht ratsam, sich den Weitermarsch bis zu dem fern im Hintergrund erkennbaren Nordseesaum anzutun.

Frustriert verließ sie kurz darauf den Deich an der Stelle, an der sie wieder auf den Hauptweg zwischen dem Böhler Strand und dem Ortsteil gelangte, in dem sich ihr ungeliebtes Domizil befand.

Laura befürchtete, dass ihre Nerven allein schon mit dem, was der noch junge Tag ihr bereits beschert hatte, restlos überfordert waren. Ihre körperliche Bankrotterklärung am Morgen, die quälenden Schamgefühle über ihr unkontrolliertes Verhalten David gegenüber, die Erinnerung an das Ekelerlebnis im Wäldchen und die nagenden Zweifel, ob sie wirklich noch alle Tassen im Schrank hatte, würden sie nicht so schnell wieder zur Ruhe kommen lassen. Dazu kam, dass, obwohl es nicht mal Mittag war, die anfängliche Morgenfrische von einer zunehmenden Schwüle verdrängt wurde.

Laura spürte die steigende Luftfeuchtigkeit auf ihrer Haut und fragte sich, ob nach der bisher langanhaltenden und nervenden Hitzeperiode ein Gewitter ihrer angeknacksten Gemütslage den Rest geben würde.

Sie hasste Gewitter, weil sie zu den unangenehmen Ereignissen gehörten, gegen die man sich nicht wehren konnte.

Der Hauptweg zwischen Strand und Böhler Landstraße war ihr immer noch so geläufig wie in den Jahren, in denen sie ihn mit ihren Eltern, zuletzt aber nur noch einmal mit Onkel Edi, dem Bruder ihrer Mutter, gegangen war. Sommer, Sonne, baden in der Nordsee, Muscheln sammeln und den Drachen steigen lassen, den Onkel Edi mit ihr gebaut hatte – wie schön war das im Vergleich zu der nicht gerade kinderfreundlichen Wohnung ihrer Eltern in Hamburg gewesen, wo sie solche Dinge nicht ausleben konnte.

All das hatte sich nach ihrem elften Sommer nicht mehr wiederholt. Durch Lauras Gedächtnis wanderten vage Erinnerungsfetzen an Verhaltensweisen ihrer Eltern, die sie damals weder vor ihren Ferien noch danach hatte deuten können.

Ich fand es grässlich, wenn du, verehrte Mutter, am Telefon mit deinen Freundinnen über mich sprachst. Kurz vor den damaligen Sommerferien bekam ich mit, dass du mal eine von ihnen anzischtest:

»Was meinst du damit, dass es eine merkwürdige Regelung sei, wenn sich mein Bruder in den Ferien um meine Tochter kümmern soll, weil wir in der Zeit in die USA reisen wollen?

Immerhin kennt er sich nicht nur als gelernter Erzieher, sondern auch als Jugendamtsleiter bestens mit Gören aus.«

Was dich angeht, Papa, fällt mir gerade wieder ein, was ich nach den Ferien kurz nach meiner Entlassung aus dem Krankenhaus zu hören bekam, als ich mal wieder an der Tür lauschte.

Du hast gegrantelt: »Dein angeblich so rundum patenter Bruder kam mir merkwürdig nervös vor, als ich von ihm wissen wollte, was in St. Peter-Ording genau passiert ist.«

Mutter antwortete dir kleinlauter als sonst: »Wir sollten ihm schon glauben, dass er sich gut um Laura gekümmert hat. Als sie nichts mehr essen wollte und dann auch noch Fieber bekam, blieb ihm doch nichts anderes übrig, als sie vorzeitig nach Hamburg zurückzubringen. Und Dr. Brodersen, das alte Schlachtross, wollte uns mit seiner Krankenhauseinweisung garantiert nur ein schlechtes Gewissen einreden.«

Du bist daraufhin richtig ärgerlich geworden, weil du der Meinung warst, die Kinderärztin im Krankenhaus hätte sicher nicht ohne Grund geäußert, dass sich mein Zustand von dem Moment an besserte, in dem man mir versprach, nicht bei uns zu Hause zusammen mit Onkel Edi auf eure Rückkehr warten zu müssen.

Daran, dass mich jemand nach meiner Meinung gefragt hat, kann ich mich nicht erinnern.

Okay, okay, heute glaube ich, dass ich mich sowieso nicht getraut hätte zu erzählen, wie schrecklich ich es fand, dass mir Onkel Edi jeden Abend den Popo eincremte, bevor er die seiner Meinung nach so wichtigen Fiebermessungen vornahm. Und nur weil du, Mutter, mir verboten hattest, mich seinen Anordnungen zu widersetzen, habe ich mit zusammengebissenen Zähnen ertragen, was er mir mit seinen blöden Mess- und noch anderen Ritualen antat.

Das Lauschen an der Wohnzimmertür war für Laura nach den verunglückten Ferien immer mehr zur Sucht geworden. Im dünnen Nachthemd fröstelnd hatte sie mehr als einmal vernommen, dass ihre Mutter ihrem Vater lautstark vorwarf, seine Tochter ständig in Watte zu packen.

Das, liebe Mutter, wäre dir sowieso nie passiert. Aber warum ich in deinen Augen immer nur alles falsch machen konnte, verstehe ich bis heute nicht.

Dass du wegen mir die Reise abbrechen musstest, auf die du dich so gefreut hast, tut mir leid. Papa hat sich nicht darüber beklagt. Am schlimmsten fand ich, dass du mich danach in dem Glauben

gelassen hast, Onkel Edi hätte mich wegen meiner
Ungezogenheit nie mehr wiedersehen wollen.

Das Riemchen der dünnen Sommersandale um
Lauras rechten Knöchel riss, als sie in eine Vertiefung des ansonsten leidlich glatten Schotterweges
trat und umknickte. Mist, das kunstvoll geflochtene Befestigungsteil würde sich wahrscheinlich
nicht mehr reparieren lassen. Diesmal heulte sie
aus Wut. Das optisch zwar ansprechende, für ihre
Verhältnisse aber viel zu teure und dazu noch
wenig praxistaugliche Schuhwerk konnte sie vermutlich nur noch in den Müll werfen. Auch diese
Panne bestärkte sie in ihrem Glauben, mit dem
besonderen Talent gesegnet zu sein, Unheil auf
sich zu ziehen.

Schniefend und humpelnd zog sie frustriert
auch die andere, noch intakte Sandale aus und
warf beide kurz entschlossen im hohen Bogen
hinter ein paar Krüppelkiefern. Der Weg kühlte
wohltuend ihre Sohlen und gab ihr zumindest einen Moment lang ein Gefühl von Bodenhaftung.
Trotzdem konnte sie nur mit Mühe das Bedürfnis
unterdrücken, einen lauten Frustschrei loszulassen.

Wie hatte sie nur annehmen können, die bei ihr
in bestimmten Situationen auftretenden Panikat-

tacken würden sich wie ihre Wutanfälle mit der Zeit schon legen?

Kleine Räume, bestimmte Gerüche, verschwommene Bilder aus ihrer Kinderzeit; von einem Moment zum anderen konnten sie ihr Luftnot, Gliederzittern, aber auch Zornausbrüche bescheren. Nach solchen Momenten hasste sie sich. So auch am Vorabend, als es ihr erneut passiert war.

Ach, David, ich hätte gewarnt sein sollen, als mir gleich nach der Ankunft im engen, muffig riechenden Flur des vor dem Abriss stehenden Hauses neben der schlechten Luft noch etwas Undefinierbares die Kehle zuschnürte. Nach der bis dahin superguten Stimmung fühlte ich mich wie innerlich erstarrt, während du locker bemerktest: »Ich kann die Entscheidung deiner Mutter nachvollziehen. Bei der guten Lage des Grundstücks hätte ich wie sie einen lukrativen Verkauf der Renovierung dieses in die Jahre gekommenen Hexenhäuschens vorgezogen.«

Ich konnte nur noch verkrampft deinen Blicken auf den abgetretenen Dielenboden und die kackbraune Deckenvertäfelung folgen, kam aber nicht drauf, was sich mit dem Haus, mit uns oder in Bezug auf meine Nerven ganz und gar nicht richtig anfühlte.

Klar hatte ich mich geärgert, dass ich so klamm

bei Kasse war, um mich wieder mal gegen eine drin-
gend benötigte Finanzspritze von meiner Mutter
eintüten zu lassen.

Dass mich da schon mit jedem weiteren Schritt in
das alte Gemäuer Erinnerungen einholen wollten,
um mich gedanklich in den Sommer vor beinahe 19
Jahren zurückzuführen, ist mir erst heute Morgen
in den Sinn gekommen.

Laura leckte sich über ihre trockenen Lippen
und wünschte sich nichts sehnlicher, als ein großes Glas Wasser leeren zu dürfen. Gott sei Dank
konnte sie schon die Ecke der Stichstraße sehen, in
der das inzwischen fast eingewachsene alte Häuschen stand. Doch an diesem Morgen schien alles
nur wie verhext zu sein.

Aua, was sollte das denn? Warum war ihr gerade
ein stechender Schmerz in die linke Fußsohle gefahren?

Sie humpelte an den Rand des Weges und setzte
sich auf ein Heidekrautpolster, um sich ihren Fuß
genauer anzusehen. Schöne Bescherung. In den
Ballen hatte sich die scharfe Verschlusslasche einer Alu-Getränkedose eingegraben, die irgendein
Idiot auf den Weg geworfen haben musste. Die
Wunde blutete, nachdem sie den Fremdkörper mit
zusammengebissenen Zähnen entfernt hatte. Das

konnte vielleicht dazu beitragen, eine Infektion zu verhindern, aber womit sollte sie den verletzten Fuß versorgen?

»Haben Sie ein Problem, junge Frau? Kann ich Ihnen helfen?«

Laura hatte die alte Dame, die ihr mit einem schnaufenden, nicht mehr taufrisch wirkenden Irish Setter auf dem Strandweg entgegengekommen sein musste, erst bemerkt, als sie vor ihr stand.

»Ich bin wohl in etwas getreten, was da nicht hätte liegen sollen, aber die Verletzung ist nicht der Rede wert.«

»Sind Sie hier, um Ferien zu machen? Soll ich jemanden benachrichtigen, der Sie abholt?«, fragte die alte Dame, die verwundert erst Lauras unbeschuhte Füße betrachtete und beim Anblick des verletzten Ballens eine sorgenvolle Miene machte.

»Nein, nein, danke, ich schaffe das alleine. Ich wohne hier gleich um die Ecke. Wenn Sie vielleicht zufällig ein Pflaster dabeihätten, wäre mir schon geholfen.«

»Ein Pflaster leider nicht, aber ich kann Ihnen etwas anderes anbieten.«

Und schon zog sie erst ein Paket Papiertaschentücher aus der einen Jackentasche, dann aus der anderen eine Plastiktüte, wie sie die meisten Hundehalter bei sich trugen. Jedenfalls die, die ord-

nungsgemäß die Hinterlassenschaften ihrer vier-
beinigen Lieblinge entsorgten. »Gute Idee, danke«,
sagte Laura.

*Auch wenn sie nett ist, muss sie nicht so neugierig
mein bestimmt immer noch aufgequollenes Gesicht
mustern.*

Kopfschüttelnd ein »Alles Gute« murmelnd, ging
die Frau, ihren triefäugigen Hund im Schlepptau,
endlich weiter. Laura meinte, noch die Bemerkung
»wie kann man denn auch ohne Schuhe aus dem
Haus gehen« gehört zu haben.

Die Idee mit dem Notverband klappte auf Anhieb.

Humpelnd wieder vor dem Häuschen angekommen, stellte Laura entsetzt fest, dass sie zwar die
Tür an ihrem Knauf ins Schloss gezogen, aber zu
all den anderen Übeln an diesem Tag auch noch
den Schlüssel auf dem Küchentisch liegengelassen
haben musste. Wahrscheinlich leistete ihm dort
auch ihr ebenfalls vergessenes Handy Gesellschaft.

Sie setzte sich auf die verwitterte Holzbank vor
der Tür, auf der sie früher einmal ihre Puppen
platziert hatte, stützte den Kopf in die Hände und
überlegte, was sie tun sollte. Moment mal, war
nicht früher im Schuppen hinter dem Haus, auf

einem Regal in einer Blechdose mit Schrauben und Nägeln, ein Zweitschlüssel deponiert worden?

Die Tür im verblichenen Lattenzaun, durch die man in den hinteren Teil des Grundstücks gelangte, war nicht verschlossen. Rund um den Schuppen hatten sich Buschwerk und Baumableger derart ausgebreitet, dass er fast wie verwunschen aussah. Auch er war nicht versperrt. Warum auch? In ihm konnten sich inzwischen neben den höchstens noch zur Entsorgung taugenden Gartenmöbeln nicht mehr als ein paar verrostete Gartengeräte befinden.

Laura öffnete die Tür und entdeckte auch gleich das Regal mit der Blechdose. Als sie sich weiter umsah und ihr Blick auf die in einer Ecke stehenden Gartengeräte fiel, stand in deren Reihe auch ein Spaten. Spaten? Irgendetwas war doch gewesen mit diesem blöden Spaten. Sie erschauerte, als in ihrem Kopf schon wieder ein Bild entstand, und erschrak, als ihr dazu auch wieder Worte einfielen:

»Onkel Edi, Onkel Edi, schau mal, was ich gefunden habe.«

Das kleine, zutrauliche, von mir in den Dünen aufgelesene und in mein Badetuch gehüllte Fellbündel hatte ich wie bei einem Zaubertrick vor deinen

Augen ausgewickelt. Dass sich dein bis dahin noch freundliches Gesicht von einem Moment zum anderen zu einer Ekelgrimasse verzog, konnte ich nicht begreifen. Was hatte ich denn verbrochen, dass du plötzlich nicht mehr der ständig auf Harmonie bedachte, immer zu gemeinsamen Späßen aufgelegte Onkel warst? Der, der mit mir gut gelaunt noch ein paar Tage vorher am Strand den gemeinsam gebastelten Drachen fliegen ließ und ich dabei dachte, dass ich zwar einen mitunter merkwürdig handelnden, letztendlich aber doch besten Onkel der Welt hatte.

Wahrscheinlich hattest du dich doch darüber geärgert, dass ich am Abend vorher fand, ich wäre wohl langsam zu alt, um dauernd von dir auf den Schoß genommen zu werden.

Aber was konnte denn das arme Kaninchen dafür?

»Laura, was soll denn der Unsinn?«, hast du jedenfalls unwirsch gefragt, als ich dir das kleine Kaninchen unter die Nase hielt, und mich dann angeraunzt, dass ich sehr wohl in der Lage sein müsste zu erkennen, dass es blind ist. Das käme von einer schlimmen Krankheit, denn wenn es gesund wäre, hätte es sich nie von mir anfassen und schon gar nicht einfangen lassen. Du machtest mir unmissverständlich klar, dass ich das kuschelige Tierchen *auf keinen Fall behalten darf, bevor du mich mit dem knappen Befehl, mir gründlich die Hände zu waschen, ins Haus geschickt hast.*

Laura wusste es wieder, als wäre es gestern gewesen, wie es sie erschreckt hatte, dass seine Stimme seltsam kalt geklungen und seine Worte keinen Widerspruch geduldet hatten. Aus dem Badfenster musste sie dann entsetzt zusehen, was Onkel Edi mit dem Spaten machte.

Hatte ihn etwa später beim Abendbrot ein schlechtes Gewissen geplagt? Als sie kaum etwas herunterwürgen konnte, waren von ihm ausnahmsweise keine Vorwürfe gekommen. Er hatte ihr besonders liebevoll die Haare durchgebürstet, bevor er sie ins Bett brachte. Sie meinte sich erinnern zu können, dass er noch nicht einmal schimpfte, als sie es nicht schaffte, sich in den Schlaf zu weinen, sondern wieder aufgestanden war und ihn beim Lesen gestört hatte.

»Na, dann komm her, setz dich noch ein Weilchen auf meinen Schoß. Das stimmt nicht, dass du dafür schon zu alt bist. Wir können noch mal mit deinem Zauberwürfel spielen. Alles ist wieder gut«, war an dem Abend sein Angebot gewesen. Warum ihr bei der Erinnerung an den Zauberwürfel heiß wurde, konnte sie im Augenblick nicht nachvollziehen. Dafür sah sie deutlich wieder das Bild des armen Kaninchens vor sich, das Onkel Edi ihr entrissen hatte.

Von einer Ahnung geplagt, hatte sie zwei Tage später den Mülltonnendeckel geöffnet und sie gesehen, die Reste des kleinen blutverschmierten Tierchens, umschwärmt von Fliegen und bedeckt von dicken weißen Maden.

Kapitel 3

Laura kehrte, noch immer verwirrt von ihrem verstörenden Gedankenintermezzo, mit dem Ersatzschlüssel in der Hand an die Vorderfront des Häuschens zurück und schüttelte sich, als sie an der Mülltonne vorbeikam, in der heute kein kleiner Tierkadaver, dafür aber seit dem gestrigen Abend Davids blutbeflecktes Badetuch lag. Als sie nach seiner Flucht wieder einigermaßen klar gewesen war, hatte sie es kurzerhand entsorgt, als könne sie alles, was passiert war, damit ungeschehen machen.

Um sich zu beruhigen, setzte sie sich ein paar Minuten auf die alte Bank, konnte aber die Haustür danach trotzdem nur mit zitternden Händen aufschließen.

Sie stürzte in die Küche, nahm ein großes Trinkglas aus einem der Hängeschränke und füllte es hektisch aus dem Wasserhahn an der Spüle, ohne wie gewohnt das Leitungswasser eine Weile laufen zu lassen, bevor sie es in gierigen Zügen leerte.

Als sie sich danach in dem vielleicht gerade mal zwölf Quadratmeter messenden Raum umsah, in dem sich an einer Seite die Kochzeile aus mintgrün laminierten Unter- und Oberschränken befand und gegenüber ein weißer Resopaltisch für vier Personen, dazu vier Stühle und dahinter eine Eckbank mit Kissen aus einem undefinierbar gemusterten Stoff, schüttelte sie ungläubig mit dem Kopf.

Kalt und lieblos wirkte das alles auf sie. Erstaunlich, dass es für ein Haus mit dieser Ausstattung bis vor Kurzem überhaupt noch Mietinteressenten gegeben hatte. War die ursprüngliche Kiefernholzküche, die sie aus der Zeit kannte, als sie elf Jahre alt war, nicht viel gemütlicher gewesen? Na ja, egal, das, was sie jetzt vor sich sah, würde man sowieso bald entsorgen. Sie fand das seltsam tröstlich, und bei der Vorstellung, dass hier bald eine Abrissbirne rundum *tabula rasa* machen würde, seufzte sie erleichtert. Auch nachdem sie ihre Blicke über die Kaffeemaschine, den Toaster, einen Wasserkocher mit Kalkflecken und die Mikrowelle schweifen ließ, verspürte sie nicht den Wunsch, sich davon etwas für eigene Zwecke zu sichern.

Warum sollte sie nicht bei dem Traumwetter einfach ein paar Strandtage genießen und den Auftrag ihrer Mutter Auftrag sein lassen? Bei der

Weitläufigkeit der Ortsteile konnte sie ohne Probleme den Abschnitt mit der großen Sandbank südlich des großen Steges meiden, an dem sich David höchstwahrscheinlich mit seinen Strandseglerfreunden aufhielt.

Danach brauchte sie nur noch den Schlüssel bei der Entrümpelungsfirma in den Briefkasten zu werfen, mit der Bahn nach Hause zu fahren – und fertig. Ihre Mutter hatte garantiert schon lange keine Ahnung mehr, wie es in dem Ferienhaus aussah.

Ich werde dir erzählen, dass ich ein paar noch brauchbare Sachen der Kirchengemeinde vor die Tür gestellt habe, die sie dann an Bedürftige verteilen kann. Ha, keine schlechte Idee, oder hältst du vielleicht gar nichts von mildtätigen Gaben?

Egal, warum sollte ich mir darüber überhaupt Gedanken machen? Du hast dich doch noch nie die Bohne dafür interessiert, was meine Vorlieben oder Sorgen angeht, außer natürlich, sie kosten dich etwas.

Apropos Kosten. Leider muss ich dir nach meiner Rückkehr beichten, dass ich zu deinem Golf, den du zwar nur in Ausnahmefällen als Zweitwagen fährst, mir aber trotzdem nur ungern geliehen hast, nicht sehr nett war. Keine Ahnung, ob sich eine Reparatur

noch lohnt, aber um das zu beurteilen, müsste erst
mal jemand aus deiner Lieblings-Kfz-Werkstatt bei
mir vorbeikommen und die Kiste abschleppen.

Laura runzelte die Stirn. Selbst wenn sie nur einige
Tage hier verbringen sollte, würde sie als Erstes
noch ein paar Lebensmittel besorgen und zum
nächsten Supermarkt notgedrungen zu Fuß gehen
müssen. Im Kühlschrank befand sich außer dem
schon in Hamburg vorbereiteten Auflauf und zwei
Dosen Bionade nur noch ein einsamer Fruchtjo-
ghurt. Appetit hatte sie keinen. Ihr Magen knurrte
trotzdem unbarmherzig. Seine Bedürfnisse noch
länger auszublenden, würde sich nach ihren Erfahrungen nicht gut auf ihren Kreislauf auswirken.

Während sie wartete, dass der Elektrokocher das
Wasser aufheizte, aß sie den Joghurt. Als sich der
Kocher abschaltete, griff sie zu dem ebenfalls aus
Hamburg mitgebrachten Glas Instantkaffee. Unter dem auf einem Wandregal stehenden Sammelsurium von Kaffeebechern gab es einen, den ein
merkwürdiges Bild einer Tierpyramide zierte, die
sie allerdings nur in anderer Zusammensetzung
kannte. Sie griff ihn sich und murmelte:

»Ach Herrjeh, dich kann doch bloß ein Witzbold
aus Bremen dagelassen haben.« Stadtmusikanten
B-Mannschaft? Was sollte das denn? Sie betrach-

tete das Schwein, auf dessen Rücken ein Huhn stand, darüber ein glubschäugiger Fisch, auf dem sich ein Schmetterling niedergelassen hatte, und war versucht, laut loszulachen.

Doch dazu kam es nicht. Das Lachen blieb ihr im Hals stecken. Hatte sie tatsächlich gedacht, sie würde das alleine schaffen, was sie hier regeln sollte? Dazu müsste sie zumindest noch eine weitere Nacht alleine in dem unheimlichen Häuschen verbringen. Sie rührte und rührte in ihrer Kaffeeplörre, ohne einmal davon zu trinken.

Es hilft alles nichts, ich muss da jetzt durch, bin doch kein Kleinkind mehr.

Zuerst sollte ich mich mal waschen und danach was Frisches anziehen. Und dann einkaufen? Für den Nachmittag habe ich noch die Kekse in der Reisetasche, und abends kann ich mir den Gemüseauflauf aufwärmen. Und was ist mit Alkohol? Den sollte ich besser nicht schon wieder trinken. Also, den Gang zum Supermarkt werde ich auf morgen verschieben, er hat auch am Sonntag auf.

Jammern, weil mir das Malheur mit David passiert ist, kommt auch nicht infrage.

Dass ich, wenn ich im September 30 werde, noch immer keinen Kerl habe, ist an sich noch keine Katastrophe. Der Zugriff auf das gesperrte Sparkonto ist erst mal wichtiger. Ich werde mir einen gebrauchten Kleinwagen besorgen und habe dann vermutlich immer noch genug Geld, um meine Mutter nicht mehr anpumpen zu müssen. Bis dahin muss ich eben ohne einen fahrbaren Untersatz auskommen. Ist ja nicht das erste Mal, dass mir das passiert, und in Hamburg nicht wirklich ein Problem.

Ach, Oma Johanna. Als du starbst, war ich 16. Dein ältester Sohn Max war als mein Patenonkel zusammen mit meiner Mutter der Meinung, dass der Erbanteil, den ich nach deinem Tod als Tochter deines verunglückten jüngsten Sohnes erhielt, erst mit 30 ausgezahlt werden sollte.

Ich gebe zu, dass ich damals keinen blassen Schimmer hatte, wie man mit Geld umgeht. Viel besser ist das heute auch noch nicht.

Du warst so anders als Ömchen Hermine, meine andere Großmutter in Bergedorf, mit der du wenig Kontakt hattest. Meine Mutter hat das auf deinen Dünkel geschoben, den du wegen deiner Abstammung aus einer alten Hamburger Familie gepflegt haben sollst. Die Familie eines wenn auch nicht unvermögenden Schrotthändlers war in euren Kreisen garantiert nicht standesgemäß. Wenn ich dich besuchte, hast du mich das nie merken lassen. Du verwöhntest mich mit Leckereien, aber was meine schulischen Leistungen machten, wolltest du immer *ganz genau wissen. Hast du es gemerkt, dass ich dich bei dem Thema meistens anflunkerte?*

Um meinen Vater, deinen jüngsten Sohn, hast du nie aufgehört zu trauern. Gut, dass du noch Onkel Max hattest, aber über den Tod eines Kindes können Mütter, wie du mir einmal sagtest, nie hinwegkommen.

Laura schnupperte an ihrem Shirt. Wahrscheinlich roch an ihr nicht nur das katastrophal. Kein Wunder, nach dem, was ihr an diesem Morgen schon passiert war. Also duschen.

N e i n, lieber nicht. Zu plastisch hatte sie noch die Szene mit David vor Augen. Sie beschloss, sich nur kurz am Waschbecken zu säubern, bevor sie sich frische Klamotten anzog. Den verletzten Fuß konnte sie, bevor sie ihn neu verpflasterte, ebenso gut mit einem in Kamillentee getauchten Wattebausch reinigen. Sie hatte gesehen, dass in einem der Küchenschränke eine Schachtel mit Kamillenteebeuteln stand, die wahrscheinlich auch noch von einem der letzten Gäste stammte.

Laura ging in den engen Baderaum und ließ Wasser ins Waschbecken laufen, um sich mit Hilfe zweier Waschlappen frisch zu machen. Ihr Blick wurde dabei wie magisch von dem zugezogenen Duschvorhang und dem aufgedruckten lustigen bunten Fischschwarm angezogen. Was hatte da bloß gestern auf sie eingewirkt, dass sie dermaßen ausgerastet war?

Als sie ihre Waschungen beendet hatte und sich in ihr inzwischen wieder trockenes Badetuch vom Vorabend wickelte, starrte sie immer noch wie unter einem Zwang auf den Duschvorhang. Schließlich schob sie ihn vorsichtig zur Seite, als befürchtete sie, dahinter könnten sich Geister eingenistet haben. Ja klar, es mussten welche gewesen sein, die ihr auf der Kachelwand der Dusche bunte Blitze vorgegaukelt hatten, während David sie auch an den intimsten Stellen ihres Körpers einseifte.

Sie schnappte nach Luft, weil sie das Gefühl nicht loswurde, sie wären im Moment immer noch anwesend und wollten sie zwingen, ihren Blick noch einmal auf die Fliesen an der Rückwand der Dusche zu lenken.

Wie war das möglich? Heute sah sie dort keine bunten Blitze, dafür aber etwas anderes Buntes. War das eine Blumengirlande? Ungläubig starrte sie auf die in Wellenlinien aufgeklebten Abziehbildchen, die den »Prilblumen« ähnelten, die Ömchen Hermine früher eine Zeit lang in einer ihrer Küchenschubladen gesammelt hatte.

Laura befiel Gänsehaut, als sie sich erinnerte, wie sie sich in Bergedorf von ihrer Großmutter verabschiedet hatte, bevor sie mit Onkel Edi in die Ferien gefahren war.

»Schau mal, was ich für dich hervorgezaubert habe«, hatte sie gesagt. »Die Abziehbildchen wollte ich dir immer schon schenken.«

Erst hatte Laura daraus eine lustige Collage anfertigen wollen, aber dann war ihr nach der Ankunft im Ferienhaus die Idee gekommen, sie auf die langweiligen beigen Fliesen des Duschbades zu kleben. Onkel Edi hatte das auch lustig gefunden und sie für ihre Kreativität gelobt.

In ihrem Kopf lief erneut, wie in einem früher schon einmal gesehenen alten Spielfilm, eine Szene ab, in der sie eine Hauptrolle spielte.

Sie stand als Elfjährige unter der Dusche, dicht hinter ihr Onkel Edi, der sie einseifte und genau wie David am Vorabend an intimen Stellen berührte. Nur hatte sie damals nichts über die Lippen bringen können und nur stumm gefleht: Bitte, bitte, ich will das nicht.

Laura sank zitternd und mit klappernden Zähnen auf den Toilettendeckel, wobei sie ihren Blick noch immer nicht von den stilisierten Blüten abwenden konnte. Schwer atmend grübelte sie:

In den vergangenen 19 Jahren ist das Bad mindestens einmal renoviert worden, wobei man die hässlichen alten Fliesen gegen weiße ausgetauscht haben muss. Wieso können da noch Prilblumen drauf sein?

Moment mal, habe ich nicht neulich in einer Frauenzeitschrift etwas über die wiederauferstandene Werbemasche mit den Klebebildchen gelesen, die den nostalgischen »Prilblumen« von damals ähneln? Danach könnten sich Sprösslinge von irgendwelchen Gästen in der letzten Zeit den gleichen Spaß gemacht haben wie ich in meinem elften Sommer.

Ihr anfängliches Entsetzen wich reiner Wut. Mit dem Ausruf: »Was soll diese Scheiße eigentlich?«, stieg sie in die Duschwanne. Nach etlichen vergeblichen Versuchen, die »Prilblumen« mit den Fingernägeln abzukratzen, gab sie auf, als sie bemerkte, dass sie sich mehrere Fingernägel ruiniert und die Fingerkuppen aufgescheuert hatte.

Aus dem Haus flüchten wie am Morgen kam Laura in ihrem erneut aufgewühlten Zustand nicht ratsam vor. Sie lief in die Küche und schnappte sich ihr Smartphone.

Ich muss unbedingt mit jemandem darüber reden, was dieses blöde Haus mit mir macht, bevor ich total abdrehe. Aber mit wem?

Mit David? Auf keinen Fall. Okay, ich bin ihm eine plausible Erklärung schuldig, aber ganz bestimmt nicht jetzt.

Mit meiner Mutter? Um Himmels willen, bloß das nicht. Die wird mich in ihrer unnachahmlichen, inquisitorischen Art sofort unter die Lupe nehmen und wissen wollen, warum ich mal wieder versage.

Onkel Max, was würdest du denken, wenn ich mich aus heiterem Himmel bei dir melde, um mich auszuweinen?

Nein, das geht auch nicht. Nachdem du deine Rechtsanwaltspraxis verkauft hast, willst du bestimmt nur noch deinen Ruhestand genießen und nicht den Psychodoktor für ein durchgeknalltes Patenkind spielen.

Tut mir leid, dass ich dich enttäuschte, als du mir nach meinem Ach-und-Krach-Abi eine Ausbildung als Rechtsanwaltsgehilfin schmackhaft machen wolltest. Ich hatte es schon im Büro meiner Mutter gehasst, Schriftstücke in verstaubten Akten abzulegen, einfache Briefe aus vorgefertigten Textbausteinen zu schreiben und Termine zu überwachen. In deiner Kanzlei hätte mich nicht viel anderes erwartet.

Laura hatte Onkel Max und seine Frau, die immer freundliche Tante Sofia, schon seit Jahren nur noch selten in Othmarschen besucht. Bevor ihr ein Jahr jüngerer Cousin Mark nach seinem – wie von seinen Eltern erwarteten exzellenten – Abitur dazu übergegangen war, sie mit dem Allwissen eines eingebildeten geistigen Überfliegers zu nerven, hatte sich Laura noch gerne in der Familie ihres Onkels aufgehalten. Was aus Mark in den letzten Jahren geworden war, was er genau studiert hatte und wo er nach dem Auszug bei seinen Eltern wohnte, hatte sie nicht mehr wirklich interessiert.

Für Onkel Max sprach, dass er immer noch schwach wurde, wenn sie einen auf hilfsbedürftiges Patenkind machte. Als sie ihn vor Monaten angerufen hatte, weil sie trotz eines fristgerecht gekündigten Vertrages mit einer Telefongesellschaft und deren Ablehnung nicht mehr weiter wusste, hatte er sofort zugesagt, sich darum zu kümmern.

Heute war es Laura peinlich, dass sie ihr Versprechen, sich bald mal wieder in Othmarschen sehen zu lassen, bis jetzt nicht eingelöst hatte.

Nein, in ihrem jetzigen desolaten Zustand sollte sie Onkel Max besser nicht auf die Nerven gehen.

Laura wand sich auf ihrem unbequemen Küchenstuhl und raufte sich die Haare. Ihr Bedürfnis, sich jemandem anzuvertrauen, wuchs von Minute zu Minute.

Konnte sie es wagen, Sybille, ihrer Nachbarin, ihr

Herz auszuschütten, obwohl sie sich erst wenige Monate kannten? Immerhin wusste sie von dem Auftrag, den sich Laura von ihrer Mutter eingehandelt hatte, und auch von Davids Angebot, sie in seinem Wagen mitzunehmen. Was sie nicht wissen konnte, war, dass Laura David animiert hatte, eine Nacht mit ihr zu verbringen, um kurz danach alles zu versemmeln.

Sie schaute zur Uhr. Gerade mal neun. Bille war generell Langschläferin und ließ es wegen ihrer beiden Jobs an den Wochenenden, an denen es noch stressiger als an den übrigen Tagen zuging, besonders am Sonnabend gerne langsam angehen. Vom Mittag bis 18 Uhr stand sie normalerweise als Barista in dem Coffeeshop, der von ihr und ihrem schwulen Partner Jan betrieben wurde, und danach noch bis spät in die Nacht hinter der Theke einer Bar, die einer ihrer Mitstreiterinnen aus ihrem Lesbenclub gehörte.

Ab und zu sorgte sie dafür, sich vertreten zu lassen, um außer an ihrem freien Mittwoch auch mal ein Wochenende lang etwas unternehmen zu können oder sich bis Montagmittag ganz abzuschotten, wenn sie die Nase von ihren Tätigkeiten voll hatte. Aber wie würde sie heute drauf sein?

Laura fasste sich ein Herz und wählte ihre Nummer.

Kapitel 4

»Hallo Nachbarin, das glaube ich jetzt nicht. Sollte ich unter Gedächtnisschwund leiden? Wolltest du dich gestern nicht von David nach St. Peter-Ording mitnehmen lassen, weil du mal wieder Mamas braves Mädchen spielen musst? Was ist passiert, dass du dich traust, mich vom Ausschlafen abzuhalten? Ich hatte gestern einen hammerhaft anstrengenden Abend.

Hey, warum schniefst du denn so? Heulst du etwa? Komm, komm, mach es nicht so spannend, irgendwas stimmt doch nicht mit dir.«

»Bille, ich schaffe das hier nicht, und was David angeht, habe ich ganz großen Mist gebaut. Ich weiß nicht, was ich jetzt machen soll.«

»Wieso Mist gebaut? Du hast mir doch erzählt, dass er dich nur an eurer alten Ferienklitsche absetzen würde. Habt ihr euch etwa unterwegs in die Klamotten gekriegt?

Ach was, lass mal stecken, ich kann noch nicht klar denken. Ich dusche jetzt 'ne Runde, koche mir einen Kaffee und dann rufe ich dich wieder an, okay?«

»Bille, entschuldige, aber ich bin echt fertig und weiß nicht, mit wem ich sonst reden könnte.«

»Du hast Glück. Ich muss zwar erst mal in die Hufe kommen, aber ich habe mir bis Montagmittag nichts Besonderes vorgenommen. Na ja, wenn du nicht angerufen hättest, würde ich mir nachher höchstens eine Frusteinkaufstour gönnen. Aber was erzähle ich da? Lass mich erst mal zu mir kommen. Indianerehrenwort, dass ich nachher zurückrufe.«

Frustkaufen? Laura bekam ein schlechtes Gewissen, als sie sich erinnerte, dass es ihrer Nachbarin offensichtlich schon seit Wochen nicht gut gegangen war. Die Trennung von ihrer Freundin, einer Ärztin am Universitätsklinikum Eppendorf, und Billes Auszug aus der früheren gemeinsamen Wohnung machten ihr vielleicht mehr zu schaffen, als sie zugab.

»Bille, es tut mir leid. Du hast selber genug Probleme, und ich jammere dir noch die Ohren voll.«

»Lass mal, bei mir kommt langsam alles wieder in den grünen Bereich. Du hörst dich an, als würdest du dringender einen Seelenklempner brauchen als ich. Bin zwar keiner, aber nachher will ich genau wissen, was los ist, und dann sehen wir weiter. Bis später.«

Bei der Aussicht, Billes Beistand zu bekommen, beruhigte sich Laura ein wenig. Um sich frische Klamotten rauszusuchen, musste sie an ihre Reisetasche, die sie oben abgestellt hatte. Während sie sich mit schlappen Bewegungen die Treppe zu ihrer Schlafstätte unterm Dach hochquälte, roch sie bereits auf den letzten Stufen den aus dem Raume wabernden, während der vergangenen Nacht von ihr produzierten Alkoholmief. Angewidert riss sie das Fenster in der Dachschräge auf. Als sie sich bückte, um aus der Tasche einen frischen Slip, ein sauberes weißes T-Shirt und ihre dreiviertellange Lieblingssommerhose mit aufgedrucktem Blumenmuster hervorzukramen, wurde ihr erneut schwindelig. Sich wieder anzuziehen schaffte sie nur im Zeitlupentempo und von Gähnanfällen geplagt. Verdammt, saufen, um sich von verzweifelten Gedanken abzulenken, sollte sie künftig doch besser bleiben lassen.

Wieder in die Küche zurückgekehrt, setzte sie noch einmal den Wasserkocher in Gang und rührte sich zwei Minuten später ein weiteres Mal ein Gebräu aus ihrem Instantkaffeepulver an. Dabei war sie froh, dass Bille, der absolute Kaffeefreak, sie dabei nicht sehen konnte. Mit dem restlichen Wasser übergoss sie den Kamillenteebeutel, um später mit dem Sud ihren Fuß zu behandeln.

Während sie ihre Instantplörre trank, stellte sie sich Bille vor, wie die sich jetzt wahrscheinlich in ihrer schicken, fast durchgängig schwarz-weiß gehaltenen Küche der minimalistisch eingerichteten Wohnung mit einem Aufguss ihrer Lieblingskaffeesorte von Rohan Marley mit dem Namen *One Love* verwöhnte. In dem von Jan und ihr betriebenen Bistro hatte sie sich inzwischen nach dem Besuch mehrerer Spezialkurse als Barista-Expertin einen Namen gemacht. Ihre Kenntnisse in Kaffeesorten, Kaffeeröstung und -lagerung sowie in der Wartung von Kaffee- und Espressomaschinen waren enorm.

Bille, bitte, bitte, gib mir jetzt keinen Korb! Ich brauche dich.

Laura war zwei Jahre zuvor mit einigen Bauchschmerzen aus ihren beiden kuscheligen Kammern im Dachgeschoss der kleinen Jugendstilvilla ihrer Mutter im Hamburger Stadtteil Marienthal ausgezogen, um in ein nicht wesentlich größeres Appartement im Mietshaus ihrer Mutter in der Harkortstraße überzusiedeln. Gewünscht hatte sie sich das schon länger, aber auch den Zeitpunkt gefürchtet, ab dem sie eigene Entscheidungen treffen musste, die ihr selbst ein kleiner Singlehaus-

halt abverlangen würde. Ihr wackeliger Helden-
mut hatte schließlich von der Aussicht profitiert,
endlich den missbilligenden Blicken ihrer Mutter
entkommen zu können, in denen sich für Lauras
Empfinden jeden Tag aufs Neue nur Vorwürfe von
Versagen widerspiegelten.

*Papa, kannst du mir nicht ein Zeichen geben, wie
ich es anstellen soll, nicht mehr dauernd grübeln
zu müssen? Was meinst du, wie wäre es mit unserem Familienleben weitergegangen, wenn dich die
Umstände deiner umtriebigen Reisen nicht umge-
bracht hätten? Was hat dir eigentlich in Hamburg,
Deutschland oder an anderen Ecken der Welt besonders gut gefallen? Hast du vor deinem Tod schon
mal darüber nachgedacht, ob ich eher nach dir oder
nach meiner Mutter geraten würde? Neugierig auf
alles, was in der Welt passiert, oder bodenstän-
dig und kühl kalkulierend, einen trockenen Beruf
ausübend wie die Frau, die nach deinem Tod zumindest finanziell gut alleine klarkam. Wäre ich
heute furchtloser, entscheidungsfreudiger und be-
lastbarer, wenn du mir weiter zur Seite gestanden
hättest? Würdest du mich vor der Art Menschen
beschützt haben, die mir schon in jungen Jahren
Angst machte?*

Laura war im Laufe der Jahre klargeworden, dass ihre Mutter weiter zielstrebig daran arbeitete, zu immer gediegenerem Wohlstand zu kommen. Nach dem Tod von Ömchen Hermine im Jahr 2003 war sie in der Lage gewesen, sowohl die kleine Villa in Marienthal als auch das Altonaer Mietshaus gründlich renovieren zu lassen.

Laura war also in das Haus ihrer Kindheit zurückgekehrt, das ihr Opa, der Schrotthändler Ernst Kaiser, in den 60ern des vergangenen Jahrhunderts aus seinen munter sprudelnden Geschäften erwerben konnte und in dessen zweiter Etage ihre Eltern nach ihrer Hochzeit 1986 ihre erste Wohnung bezogen hatten.

Miete für das 32 Quadratmeter große Appartement im Dachgeschoss war ihr von ihrer Mutter bisher nicht abgefordert worden, aber das würde sich ändern, wenn sie ab ihrem 30. Geburtstag über das für sie bis dahin festgelegte Geld aus dem Nachlass ihrer anderen Großmutter Johanna verfügen konnte.

Laura kam die Grabstelle von Opa Ernst und Ömchen Hermine auf dem Bergedorfer Friedhof in den Sinn. Vor ein paar Monaten hatte sie dort noch zusammen mit ihrer Mutter auf deren Wunsch hin nach dem Rechten gesehen. Merkwürdig, an dem Tag war ihr am Grab wieder bewusst, dass die beiden außer einer Tochter noch einen Sohn in die Welt gesetzt hatten.

Onkel Edi war in der Familie über viele Jahre einfach nicht mehr erwähnt worden. Im Laufe der Zeit musste das auch bei ihr Wirkung gezeigt haben, zumindest bis gestern, als er wie ein Gespenst wieder durch ihre Kindheitserinnerungen geisterte.

Sie hatte in ihrer Unbedarftheit nie darüber nachgedacht, dass von Rechts wegen auch Onkel Edi aus dem Nachlass seiner Eltern zumindest ein Pflichtteil zugestanden haben musste. Bis vor Kurzem war ihr dieser Begriff nie untergekommen.

Lauras Gedanken überschlugen sich. Als Bille ihr gegenüber mal erwähnt hatte, welche Möglichkeiten es gab, den Anspruch von unliebsamen Erben zu begrenzen, war das für sie noch nicht von sonderlichem Interesse gewesen. Klar hatte sie mitbekommen, dass Bille damit in ihrer Familie einschlägige, für sie nicht unbedingt beglückende Erfahrungen gemacht hatte, aber … na ja, letztendlich hatte das alles doch ziemlich abstrakt und dröge geklungen.

Und jetzt? Erbrecht galt ja wohl für alle, oder? Hätte es demnach nicht dazu kommen müssen, dass ihre Mutter und der Notar der Familie ihren Onkel Edi sowohl nach dem Tod seines Vaters als auch später, als Ömchen gestorben war, kontaktierten?

Es sei denn …

Na, Frau Steuerberaterin, hast du vielleicht schon seit seinem Verschwinden nach den verunglückten Ferien mit mir all die Jahre gewusst, wo sich dein Bruder aufhielt, und weißt das auch heute noch?

Laura starrte auf ihre Arme, die sich bei ihren Überlegungen erneut mit Gänsehaut überzogen hatten. Nach ihrer Rückkehr würde sie keine Zeit mehr verlieren, um entsprechende Nachforschungen anzustellen. Sollte sie zu diesem Zweck zuerst Maria aufsuchen und dann Onkel Max? Oder umgekehrt?

Sie brauchte eine Strategie.

Liebe, liebe Maria, bitte verzeih mir, dass ich in letzter Zeit kaum noch an dich gedacht habe. Es tut mir aufrichtig leid, dass ich mir bis jetzt keine Gedanken gemacht habe, wie du über die Runden gekommen bist, seit meine Mutter dich entlassen hat.

Wie hatte sie ausgerechnet diese warmherzige Frau so lange aus ihrem Gedächtnis verbannen können?

Maria, die ihr oft ihre Tränen getrocknet hatte, wie sie das ähnlich nur von ihrem Vater gewohnt gewesen war.

Die vermutlich zu Beginn der sechziger Jahre geborene Maria Molena hatte Köchin gelernt, bevor sie in den 80ern in das Haus von Ernst und Hermine Kaiser gekommen war. Bis Laura sie aus den Augen verloren hatte, war sie immer noch alleinstehend gewesen.

Einmal zeigte Maria Fotos und erklärte Laura dabei, dass es sich bei den Abgelichteten um die spanischen Cousins und Cousinen handelte.

Juan Molena, ihr Vater, war als einer der ersten spanischen Gastarbeiter nach Hamburg gekommen. Nach dem frühen Tod seiner Frau, Marias deutscher Mutter, war er wieder in den Süden Spaniens zurückgekehrt und dort ein paar Jahre später ebenfalls gestorben. Seine Tochter hatte ihn vor seinem Tod nur einmal besuchen können, doch trotz der freundlichen Aufforderungen ihrer Verwandten, in Spanien zu bleiben, war für sie klar gewesen, dass sie ihre deutsche Heimat nie aufgeben würde.

Liebe Maria, du müsstest doch bald im Rentenalter sein. Wohnst du immer noch in Barmbek-Süd? Ich werde es herausfinden, wenn ich wieder in Hamburg bin.

Maria hatte während Lauras Pubertät ab und zu von Ömchen Hermine den Auftrag bekommen, mit ihrer Enkelin Kleidung, Schuhe oder andere notwendige Dinge einzukaufen, weil ihre Mutter Marlies dafür keine Zeit erübrigen konnte.

Einmal war Laura sogar von Maria am Ende einer dieser beaufsichtigten Einkaufstouren im damals noch überschaubaren Barmbeker Shoppingcenter, in dem sie sich viel lieber alleine ausgetobt hätte, mit zu sich nach Hause genommen worden. Als Entschädigung für die Maria aufgetragenen und von dieser gnadenlos umgesetzten »Vernunfteinkäufe« war sie immerhin anschließend mit spanischen Leckereien verwöhnt worden. Wenn Laura an Marias besondere Spezialität, die in Öl ausgebackenen Churros, dachte, lief ihr heute noch das Wasser im Mund zusammen.

Marias deutsche Mutter war ihrem spanischen Ehemann zuliebe neben der deutschen auch eine Meisterin der spanischen Küche gewesen und hatte es verstanden, diese Fähigkeit an ihre Tochter weiterzugeben.

An den Weg, den sie damals nach dem Einkaufen in Marias Wohnung genommen hatten, konnte sich Laura nicht mehr genau erinnern. Und wenn Maria dort längst nicht mehr wohnte? Einen Moment lang überlegte sie, über ihr Handy eine Telefonnummernsuche zu starten, verwarf diesen Einfall aber genervt, weil sie nicht ausschließen konnte, dass Bille genau dann zurückrufen würde.

Kapitel 5

Laura schaute irritiert auf die unglaublich laut tickende Küchenuhr. Dass ihre Zeiger scheinbar unter einer Lähmung litten, passte nicht annähernd zu dem dynamischen, abgehackten, immer nerviger in ihre Ohren dringenden Geräusch.

Ihre Gedanken wechselten von der Erinnerung an Marias liebenswerte Eigenheiten zu den nicht immer leicht zu ertragenden ihrer Nachbarin Bille. Aber wieso kam sie jetzt überhaupt zu dieser wirren Überlegung? Die beiden unterschiedlichen Charaktere eigneten sich nicht die Bohne für einen Vergleich. Den konnte sie sich ebenso schenken, wenn sie Billes Art, Probleme nicht unter den Teppich zu kehren, ihrem eigenen, fragwürdigen Talent gegenüberstellte, das Gegenteil davon zu bevorzugen.

Bille, falls es dich gestört haben sollte, dass ich dich in letzter Zeit öfter wegen deiner unverblümten Art angemotzt habe, schwöre ich, mich in Zukunft zu bessern. Lass mich nur jetzt bitte, bitte nicht im Stich.

Obwohl ihr immer noch zum Heulen zumute war, musste Laura unwillkürlich lächeln, als sie an Sybilles nachbarschaftlichen Antrittsbesuch vor ein paar Monaten dachte.

Mensch, Bille, als du eines Abends an meiner Tür geklingelt hast, hattest du eine Flasche Prosecco im Arm und stelltest dich kurz und knackig mit den Worten vor:

»Hallo, ich bin Sybille, die neue Nachbarin. Sie zu duzen traue ich mich nicht. Sie sollen immerhin die Tochter meiner Vermieterin sein.

Meinen Nachnamen haben Sie vielleicht heute schon unten auf dem Klingelschild gelesen. Sollte Sie ›Moeser‹ zum Lachen reizen, macht das nix. Mein Familienname ist nicht die einzige Tatsache, wegen der ich Kummer gewohnt bin.«

Über deinen Nachnamen zu lachen, wäre mir nach deinem kräftigen, fast schmerzhaften Händedruck nicht in den Sinn gekommen, aber eingefallen war mir dazu schon, dass du Glück hast, dass an ihm hinten noch ein ›r‹ dranhängt.

In deinem Outfit mit schwarzer Bluse, rotem Halstuch, schwarzen Jeans und schwarzer, ärmelloser

Wildlederweste sahst du nicht gerade wie jemand aus, der sich dumme Sprüche gefallen lässt. Was du mit der Anspielung, generell Kummer gewohnt zu sein, gemeint haben könntest, glaubte ich allerdings nach deiner burschikosen Vorstellung sehr wohl zu ahnen.

Als du dich für den Lärm und den Schmutz entschuldigt hast, den deine Umzugshelfer verursacht hatten, konnte ich unmöglich unhöflich sein. Ich machte die Tür weit auf und bat dich aus lauter Unsicherheit mit einer blöden, clownesken Handbewegung herein.

Sybille war schon beim Betreten von Lauras Wohnung in lautes Lachen ausgebrochen. Erst hatte Laura gedacht, es hätte an ihrer albernen Geste gelegen. Als sie dann aber dem Blick der neuen Nachbarin auf die Spiegelkacheln in ihrem Miniflur gefolgt war, hatte sie bei dem kontrastreichen Bild, das sie wiedergaben, nur darin einstimmen können. Nachdem sie sich beide einigermaßen beruhigt hatten, war von Sybille der Kommentar gekommen:

»Entschuldigung, irgendwie sehen wir beide nebeneinander aus wie Engelchen und Teufelchen in einem Comic. Sie mit Ihrem Blondschopf und den hellen Augen, ich mit dunklen Locken und

Düsterblick. Aber keine Angst, bei mir nebenan sieht es zwar noch nach Hölle aus, ansonsten habe ich damit nix am Hut.«

Nachdem ich dich zu meiner Couch dirigiert hatte, meintest du:

»Dass Sie die Tochter von der Hausbesitzerin sind, weiß ich von der Maklerin. Grund genug, nett zu Ihnen zu sein, um keinen Ärger mit Ihrer Mutter zu bekommen.«

Ich glaube mich zu erinnern, dass ich auf eine bissige Bemerkung verzichtete und, um mich cool zu geben, antwortete:

»Damit hätten wir schon mal zwei Gründe, darauf anzustoßen. Einmal auf gute Nachbarschaft und daneben auf den Irrtum, dass ich Ihnen Ärger ersparen könnte, wenn Sie mit meiner Mutter aneinandergeraten sollten. Den habe ich nämlich mit ihr zur Genüge selber. Nett dürfen Sie trotzdem zu mir sein.«

Du hast deine schwarzen Murmelaugen gerollt und geantwortet:

»Aua, das war deutlich. Entschuldigung, aber in dem Fall sollten wir uns unbedingt gegenseitig den Rücken stärken.«

Meinen Vorschlag, nicht den Prosecco zu köpfen, weil der sich nicht besonders kalt anfühlte, sondern mit einem leckeren roten Cabernet Sauvignon aus meinem überschaubaren Vorrat anzustoßen, hast du gerne angenommen, aber postwendend angeordnet, dass wir uns ab sofort mit Laura und Bille ansprechen.

Bille hatte sich neugierig in Lauras Appartement umgesehen, ohne sich anmerken zu lassen, was sie in Anbetracht der nicht nach einem erkennbaren Stil eingerichteten Kleinwohnung dachte.

Auffällig lange betrachtete sie dagegen die fünf gerahmten Schwarz-Weiß-Fotos an Lauras Wänden, auf denen Details kunstvoll gemauerter Fassaden von Hamburger Bürgerhäusern zu sehen waren, und fragte: »Toll, wo hast du die gekauft?«

Dass die Aufnahmen von Laura selber stammten, kommentierte sie nur mit der Bemerkung: »Gekonnt gewählte Perspektiven«, und hakte nach: »Bist du Fotografin?«

»Nee, außer Tochter bin ich bis jetzt leider überhaupt nichts. Fotografiert habe ich mal kurzzeitig nach meinem Abitur mit einer Canon-Spiegelreflexkamera meines verstorbenen Vaters. Die Aufnahmen entwickelte mir die Inhaberin eines Geschäftes, in dem ich ein Praktikum machen durfte.

Mein Vater besaß als Berufsfotograf eine irre Profifotoausrüstung, die er garantiert auch bei seinem tödlichen Unfall im Kosovo im Gepäck hatte. Sie soll in den Wirren der nie richtig geklärten Umstände abhandengekommen sein. Na ja, es wäre auch zu schön gewesen, sie zu erben. Meine Mutter hatte nämlich mit Fotografieren nie was am Hut. Ich bezweifle allerdings, ob sie daran geglaubt hat, ich könnte daraus was machen.

Lass uns mal lieber über etwas anderes reden. Womit verdienst du denn deine Brötchen?«

»Ich bin Teilhaberin eines kleinen Cafés in der Straße *Lange Reihe*. Wenn es dich nicht stört, dass zu unserer Kundschaft überwiegend Schwule und Lesben gehören, kannst du mich dort gerne mal besuchen. Nach meinem Abitur hat es übrigens etliche Jährchen gedauert, bis ich mir nicht nur Brötchen kaufen, sondern auch eine eigene Wohnung leisten konnte.

Das ist aber eine längere Geschichte. Ich hoffe, wir werden noch öfter Gelegenheit haben, miteinander zu quatschen.

Erst mal danke für den Wein, ich muss jetzt unbedingt weiter Kisten auspacken. Wenn ich mit allem durch bin, revanchiere ich mich mit einem Umtrunk bei mir.«

Nachdem Bille gegangen war, hatte Laura beim Rundblick über das Sammelsurium ihrer chaotisch zusammengewürfelten Einrichtung einen Anfall schmerzlicher Selbsterkenntnis. Was sie um sich herum sah, passte leider nur zu gut zu dem Chaos, das nicht selten auch in ihrem Kopf herrschte. Mit fast 30 keinen Beruf und keine klaren Vorstellungen für die Zukunft zu haben, war einfach zum Kotzen. Die neue Nachbarin hatte sicher auch ihre Probleme, aber wie es schien, gehörten Minderwertigkeitskomplexe eher nicht dazu.

Bei der Erinnerung an Billes Bemerkung zu ihren Spiegelbildern im Flur hatte sie gedacht: Engelchen und Teufelchen, pah, blöder Vergleich. Das kann auch nur jemand so sehen, der noch nicht in den Genuss meiner legendären Wutanfälle gekommen ist.

Ganz plötzlich war ihr dann noch mehr zu dem Thema eingefallen.

In der zwölften Klasse des Gymnasiums hatten sie das Buch »Die schöne Frau Seidenmann« des polnischen Schriftstellers Szczypiorski gelesen, und bei der daran anschließenden Diskussion über dessen Inhalt und Aussage war sie ausgerastet. Hinter ihr hatte der blöde Jan Jomann gesessen, der nie eine Gelegenheit ausließ, sie lächerlich zu machen.

Als er von der Deutschlehrerin, Frau Lührs, gefragt wurde, was ihm denn an der Lektüre und dem Autor besonders gut gefallen hätte, schleimte er: »Die beeindruckende Romanhandlung spiegelt die Überzeugung Szczypiorskis wider, dass in jedem Menschen sowohl ein Engel als auch ein Teufel wohnt«, aber dann leiser, sodass nur Laura es verstehen konnte: »Der kannte allerdings Laura nicht. Bei der sind es nur Teufel.«

Sie war in Sekundenschnelle in Wut geraten, hatte sich umgedreht und dem blöden Heini ihre Federtasche auf den Kopf geknallt. Während er das mit einem hämischen Lachen weggesteckt hatte, war von Frau Lührs die Aufforderung gekommen zu erklären, was dieser unmöglichen Attacke zugrunde lag. Laura hatte bockig geschwiegen, die geforderte Entschuldigung gestammelt und den Eintrag im Klassenbuch zähneknirschend hingenommen.

Laura hatte sich nach dieser unangenehmen Erinnerung über den Rest aus der Rotweinflasche hergemacht und dabei ausgerufen: »He, Bille, wenn das stimmt, was dieser Szczypiorski meinte, wären wir immerhin schon zu viert.

Haha, mindestens! Prost.«

Nach und nach hatte Laura in den Wochen danach mehr aus dem Leben ihrer vier Jahre älteren Nachbarin erfahren und selber inzwischen auch den Mut gehabt, ihr mehr von sich und ihrer Orientierungslosigkeit in Bezug auf eine Berufswahl zu erzählen.

Bille war in einem niedersächsischen Dorf aufgewachsen und hatte, weil die Tuscheleien über sie und ihre wenig weibliche Art nicht aufhörten, schon vor zehn Jahren beschlossen, nach Hamburg zu ziehen. Mit dem homosexuellen Jan, dem ursprünglichen Alleininhaber des Cafés, war sie seit ungefähr fünf Jahren befreundet und hatte ihm nach einer kleinen Pflichtteilserbschaft von ihrem inzwischen verstorbenen Vater ein Angebot unterbreitet. Nach kurzer Bedenkzeit war Jan damit einverstanden gewesen. Seitdem war sie nicht mehr nur seine Angestellte, sondern Teilhaberin eines beliebten Coffeeshops und Cafés der Hamburger Regenbogenmeile.

Billes Ideen hatten frischen Wind in das nun gemeinsam betriebene und immer erfolgreicher gewordene Projekt gebracht. Wie es sich anhörte, waren beide mit ihrer Entscheidung, sich geschäftlich zusammenzutun, nach wie vor noch hochzufrieden.

In die Harkortstraße war sie gezogen, nachdem sich ihre Partnerin, eine Ärztin, nach ihrem fast vierjährigen Zusammenleben in eine andere Frau verliebt hatte.

Liebe Bille, du hast es vom ersten Tag unseres Ken-
nenlernens an geschafft, ein wenig Farbe in mein
verkorkstes Leben zu bringen.

Verzeih mir, dass ich dich bisher nie gefragt habe,
was in deiner Partnerschaft schiefgelaufen ist und
was die Trennung mit dir gemacht hat. Genügend
Gelegenheiten dazu hätte es während unserer di-
versen Unternehmungen gegeben.

Mist, warum war ich bloß so kurzsichtig und ego-
istisch?

Die fetzigen Livemusikveranstaltungen im »Gru-
enspan« oder die unglaublich guten Cocktails im
»Gazoline« in der Bahrenfelder Straße haben mich
wohl zu sehr davon abgebracht, stutzig zu werden,
wenn du manchmal beim Starren in deine Drinks
ausgesehen hast, als lebtest du auf einem entfernten
kalten Stern.

Jetzt denke ich, dass du gelitten hast, ohne dich
bei mir zu beklagen, und was mache ich Heulsuse?

Laura starrte schon wieder auf die Küchenuhr.
Noch nicht mal Mittag. Was sollte sie bloß mit
sich anfangen, falls Bille ihr mitleidslos eine Absage erteilte?

Der ersehnte Rückruf kam wenig später. Laura
drückte mit zitterndem Finger die grüne Taste und
hörte:

»Keine Ahnung, in welcher Röhre du armes Huhn gerade schmorst. Alleine scheinst du aber den Ausschalter nicht zu finden. Ich werde in ein paar Stunden bei dir aufschlagen. Zur Not könnte ich sogar bis Montagmittag bleiben.«

»Bille, das würde ich dir nie vergessen.«

»Schon okay. Badezeug und meinen Lieblingskaffee habe ich gerade eingepackt. Schlafsack, Hand- oder Badetücher sind immer im Auto, also, was wäre noch wichtig? Wie sieht es mit Getränken und Lebensmitteln aus? Ich muss gleich sowieso noch ein paar Dinge für meinen Haushalt besorgen. Soll ich Rotwein mitbringen?«

»Nein, ja, doch, mach das bitte. Nach meinem Absturz gestern Abend habe ich mir vor ein paar Stunden noch geschworen, nie wieder Alkohol zu trinken, aber ich fürchte, ich habe dabei hinterm Rücken die Finger gekreuzt.

Der Gemüseauflauf, den ich aus Hamburg mitgebracht habe, steht noch unberührt im Kühlschrank. Wir könnten ihn in den Backofen oder in die Mikrowelle schieben.«

»Oha, Absturz gestern Abend? Dann bringe ich besser auch noch Säfte mit. Frisches Brot und Brötchen fürs Frühstück können wir uns morgen doch bestimmt vor Ort besorgen. Was wir dann am Abend machen, werden wir sehen.

Ich meine mich erinnern zu können, dass David Jan erzählte, die Strandsegler hätten an diesem Wochenende eine besondere Regatta auf dem Programm. Danach wollen sie eine Party steigen lassen. Was hältst du davon, dass wir uns da einklinken?«

»Bille, bitte nicht. Ich schaffe das im Moment nicht, so kurz nach der gestrigen Katastrophe David unter die Augen zu kommen, als wäre nichts gewesen.«

»Schon gut, wir reden noch mal drüber, wenn ich die Story kenne.

Dass es an einem Samstagnachmittag im Juli auf der Westküstenstrecke nervig werden kann, weißt du sicher. Werd also nicht ungeduldig. Geh noch ein wenig an die frische Luft oder mach einen Mittagsschlaf, damit du ausgeruht bist, wenn ich ankomme. Ich habe nämlich vor, dich einer gründlichen Gehirnwäsche zu unterziehen.«

»Bille, mir ist nicht nach Scherzchen zumute. Aber eines ist sicher: Dafür, dass du mich nicht hängen lässt, werde ich dir ewig dankbar sein.«

»Du bist sehr leichtsinnig, irgendwann werde ich dich nämlich mal dran erinnern. Also, bis in ein paar Stunden. Falls ich mich in St. Peter verfranze, ruf ich noch mal durch.«

»Ich umarme dich, fahr vorsichtig.«

Oha, habe ich gerade gesagt, ich umarme dich? Nein, inzwischen fürchte ich nicht mehr, du könntest mich missverstehen. Hast du nicht gesagt, ich wäre sowieso nicht dein Typ? Ach, Bille, für mich steht jedenfalls fest, dass du im Gegensatz zu mir ein ganz besonderer Typ bist. Vielleicht kannst du mir helfen, herauszufinden, in welche Schublade ich gehöre.

Bei der Vorstellung, dass Bille bald in ihrem gebraucht gekauften, heiß geliebten rot-beigen VW Bulli Baujahr 2001 vor der Tür stehen würde, ging es Laura schon etwas besser. Sie konnte sich zwar nicht vorstellen, wieso jemand derart in ein Auto vernarrt war, aber bei Bille schien, was ihren VW T 4 California anging, das so zu sein. Über sein praktisches Aufstelldach und seine ausgeklügelte Innenausstattung kam sie regelmäßig ins Schwärmen. Laura hatte ihr Angebot zu einer gemeinsamen Urlaubstour bisher nicht angenommen. Zusammen mit ihr auf engstem Raum schlafen? Dafür kannten sie sich immer noch nicht gut genug, und dann war da noch die Erinnerung an den Vorfall zwischen ihnen am Ende einer gemeinsamen Kneipentour durch Hamburg-Altona.

Sybille hatte sie, bevor sie ihre jeweiligen Wohnungen aufschlossen, gefragt: »Trinken wir noch einen Absacker bei dir oder kommst du mit zu mir?«, sie dabei spontan in den Arm genommen und auf die Wange geküsst. Nachdem sie bemerkt hatte, dass Laura dabei stocksteif geworden war, hatte sie gereizt geantwortet: »Keine Angst, ich will nichts von dir.«

In der Zeit danach hatten beide, ohne ein Wort über das Ende dieses Abends zu verlieren, einen direkten Körperkontakt vermieden.

Bille, ich glaube, wenn du hier bist, sollten wir auch darüber mal offen reden. Ich würde es schön finden, wenn wir dahin kämen, uns trotz unserer Verschiedenheiten einfach so zu akzeptieren, wie wir nun mal sind.

Kapitel 6

Laura wischte sich den Schweiß von der Stirn. Nach einem Blick aus dem Westfenster des Häuschens verwarf sie den Gedanken, noch einmal den Versuch zu machen, an den Nordseesaum zu gehen. Vom Strand her schob sich eine düstere Wolkenfront heran. Vielleicht gar nicht so schlecht, wenn es, anders als am Vortag, durch ein Gewitter zur Abkühlung kommen würde. Aber bitte erst, nachdem Bille angekommen war und ihr beistehen konnte, wenn es blitzte und krachte.

Und was sollte sie bis zu ihrer Ankunft machen, um nicht wieder in Grübeleien zu verfallen? Schon mal damit anfangen, Schrankinhalte durchzusehen und auszusortieren, was sie nicht der Entrümpelungsfirma überlassen wollte?

Die Küchenschränke hatte sie bereits nach ihrer Rückkehr am Morgen auf die Schnelle inspiziert. Ein paar Kleinteile, die ihr noch in ihrem Hamburger Domizil fehlten, würde sie mitnehmen, darüber hinaus gab es wenig, was sich in ihren

Augen zum Verschenken eignete. Also nächste Baustelle.

Vermutlich würde das bei dem Schrankinhalt im kleinsten Raum des Hauses, der als Kinderzimmer gedacht war, ähnlich aussehen. Mit leichter Wehmut dachte sie daran zurück, wie sie in ihm als Kind noch mit Eifer nach jeder Ankunft ihre Mädchenklamotten und mitgebrachten Lieblingsspielzeuge eingeräumt hatte.

Lustlos schlurfte sie nach nebenan, um den Inhalt des zwischen zwei schmalen Betten stehenden Schiebetürenschrank zu sichten. Nach der auf der Flurkommode deponierten Inventarliste sollten sich aktuell in ihm noch acht Kleiderbügel, zwei Wolldecken und zwei Ersatzkopfkissen befinden. Wolldecken und Kissen waren vollzählig; den Eindruck, sie noch mit gutem Gewissen jemandem vererben zu können, machten sie allerdings nicht. Von den Kleiderbügeln hatten nur vier überlebt, egal. Bettwäsche oder Handtücher waren auf der Liste keine aufgeführt; die hatten die ehemaligen Gäste mitbringen oder beim Vermietungsservice vorbestellen müssen.

Laura setzte sich auf den Schonbezug der Matratze im Bettgestell neben dem Fenster und blickte nachdenklich in den Garten, der diesen Namen inzwischen nicht mehr verdiente. Wie bescheuert war diese ganze Nummer eigentlich, die ihre Mutter ihr da eingebrockt hatte?

Bei der Anreise in Davids Auto hatte sie brav außer ihrer Reisetasche mehrere Faltkartons und blaue Müllsäcke mitgenommen, um ihrem Auftrag gerecht zu werden.

Inzwischen fand sie es nur noch ätzend, sich damit beschäftigen zu müssen, was aus dem Sammelsurium an alten Deko-Gegenständen, Geschirr, Gläsern, Bestecken etc. werden sollte.

Sie seufzte gequält. Bis zu Billes Ankunft konnten noch ein paar Stunden vergehen, aber sie fühlte sich nicht annähernd motiviert, überhaupt irgendetwas zu tun. Kaum dass sie sich resigniert auf der Matratze ausgestreckt hatte, merkte sie, dass sie ihre Augen nicht mehr offen halten konnte.

Als Laura wach wurde, fiel ihr erst Sekunden später ein, wo sie sich befand. Hatte sie lange geschlafen? Beim Blick auf ihre Armbanduhr erkannte sie, dass es erst kurz vor vier Uhr nachmittags war. Hallo? Kaum vier Uhr und schon fast dunkel?

Sie starrte durchs Fenster auf eine von Blitzen zerrissene, bedrohlich wirkende, dem Kurort schnell näher kommende Gewitterfront, die ihr zunehmend Herzklopfen sowie trotz der schwülen Luft einen kalten Schweißfilm auf ihrer Haut bescherte.

Mit klammen Fingern tastete Laura nach dem Schalter der altmodischen Nachttischlampe. Eingeschaltet brachte sie zwar nur eine funzelige Beleuchtung zustande, sorgte aber dafür, dass sie jetzt noch ein weiteres Möbelstück wahrnahm, das sie früher neben dem Schiebetürenschrank ebenfalls für die Unterbringung ihrer Kinderklamotten genutzt hatte.

Sie rappelte sich auf, ging zu der grasgrün gestrichenen Kommode und zog neugierig ihre oberste, nach wie vor quietschende Schublade auf. Das darin liegende Sammelsurium ließ sie für den Moment ihre Angst vor dem heranziehenden Gewitter vergessen. Ein angebrochenes Paket Heftpflaster lag neben kümmerlichen Resten von Buntstiften und einem schon etwas zerfledderten Malbuch, das sicher ebenso wenig aus ihrer Kinderzeit stammte wie die dahinterliegende einzelne rosa-weiß geringelte Mädchensocke.

In der zweiten Schublade befand sich neben einem Quartettspiel mit Automotiven, französischen Spielkarten und einem Kniffelblock ein lederner Knobelbecher mit acht Würfeln. Sie konnte sich nicht erinnern, als Kind gekniffelt zu haben, und ein Quartett mit Automodellen hätte sie nicht interessiert. Sie wusste dagegen noch sehr gut, dass es zu Zeiten ihrer Ferienaufenthalte eine Sammlung bunter Schachteln mit »Mensch ärgere dich nicht« und anderen Spielen wie Halma, Mühle und Schach inklusive Zubehör gegeben hatte. Lag die vielleicht immer noch hinter den Klapptüren unterhalb der Schubladen, die sie bereits durchforstet hatte?

Gespannt öffnete sie die Klappen. Tatsächlich, die Spiele waren noch da. Unglaublich, sogar ein mit Gummiband zusammengeschnürtes Bündel mit Mikadostäben leistete ihnen wie in früheren Zeiten Gesellschaft.

Mikado hatte sie, als ihr Vater noch lebte, mit ihm besonders gerne gespielt. Zuletzt sogar noch ein paar Tage vor seiner unseligen Reise ins Kosovo, von der er nicht mehr zurückgekehrt war.

»Papa, was ist los mit dir? Wieso kannst du gar nicht mehr gegen mich gewinnen?«

»Du hast eben mehr Geduld, mein Schatz, und keine Finger, die wie meine einem Bund Wurzeln gleichen. Außerdem habe ich heute schon zu viele Notizen per Hand gemacht und bin ein wenig müde.«

Mutters Kommentar dazu aus der Küche: »Großmutter, warum zittern denn deine Hände so sehr?«

Dann, mit verstellter rauer Stimme den bösen Wolf nachahmend: »Weil kein Jim Beam mehr im Haus ist.«

Ach, Papa, nach einer solchen Bemerkung war unsere Spielstunde natürlich zu Ende. Du zogst dich grummelnd mit einem Cognac aus der Hausbar in dein Arbeitszimmer zurück, worauf neben einem künstlich klingenden Lacher der Kommentar aus der Küche folgte: »Ich bin dafür, dass man alte Märchen neu schreiben oder um die Grausamkeiten der heutigen Zeit ergänzen sollte.«

Laura lugte noch einmal in die untere Schublade der Kommode und bemerkte, dass vor deren Rückwand noch etwas lag, was sie nicht gleich identifizieren konnte. Sie zog die Spieleschachteln nach vorne und ertastete dahinter einen Gegenstand, der sich wie ein Würfel anfühlte. Schon nachdem sie ihn nur für Sekunden betrachtet hatte, wurde sie erneut von Erinnerungsfetzen einer weiteren bunten, vor ihren Augen tanzenden Vergangenheitsvision gequält.

Laura starrte ungläubig auf die Vielzahl der unterschiedlich eingefärbten kleinen Würfel, die insgesamt einen großen ergaben. Tatsächlich, es war ein Zauberwürfel. Konnte das sein, dass es sogar der war, der sich in ihren damaligen Kinderhänden noch viel sperriger angefühlt hatte als jetzt? D e r, den ihr Onkel Edi während des letzten Aufenthaltes in diesem Haus in einem Spielwarenladen in St. Peter-Ording gekauft hatte?

Trotz der Schwüle fühlte sie sich plötzlich wie eingefroren. Sie setzte sich zwischen Bett und Kommode auf den Fußboden, drückte ihr Rückgrat schmerzhaft gegen die Bettkante und befingerte, während ihr das Blut in den Ohren brauste, das schwarzbunte Gebilde. Onkel Edi? Ich höre dich.

»Laura, mein Schatz, kannst du es immer noch nicht? Komm, setz dich auf meinen Schoß, dann üben wir es noch mal zusammen, bevor ich dich ins Bett bringe.«

»Ich will das gar nicht lernen, Onkel Edi, schon gar nicht, wenn du dabei deine Hände unter mein Nachthemd und in mein Höschen schiebst, wenn ich dran bin. Ich will jetzt sofort schlafen gehen.«

Laura starrte wie hypnotisiert auf den Würfel, bevor sie ihn mit Wucht gegen die Wand warf. Sie heulte schon wieder los. Wie konnte es sein, dass dieses vermaledeite Haus Bilder in ihrem Kopf erzeugte, die sie nicht sehen wollte?

Das Klopfen, das man mit dem an die Eingangstür des Ferienhauses geschraubten eisernen Fisch moderat oder laut fordernd erzeugen konnte, nahm Laura erst wahr, als das Geräusch für ihre Ohren unerträglich wurde. Bille?

Sie sprang auf, raste zur Tür, riss sie auf und stürzte sich in die Arme ihrer Nachbarin.

»Ach du dickes Ei«, rief Bille. »Schalt einen Gang zurück und lass mich ganz schnell rein. Dein Zustand scheint ja noch bedenklicher zu sein, als ich nach deinem Anruf befürchtete. Hallo? Nun mach aber mal fix Platz. Gleich gibt es nämlich deftig was von oben.«

Ein paar Sekunden nach Billes Bemerkung erschrak Laura über einen ohrenbetäubenden Donnerschlag, der sie noch weiter aus der Fassung brachte, Bille dagegen nicht sonderlich zu irritieren schien.

»Geh vor, zeig mir, wo die Küche ist, und ich beweise dir, dass es keine Katastrophe gibt, die man nicht mit einem fantastischen äthiopischen *Kaffa* entschärfen kann.«

Sie zeigte auf ihre prall gefüllte Umhängetasche. »Alles, was wir dafür brauchen, habe ich da drin.«

Kapitel 7

Der Kaffee war fertig. Durch die Küche zog ein Duft, der Bille zu verzücken schien. Im Gegensatz zu Laura, die bei jedem Blitzschlag zusammenzuckte und sich beim darauffolgenden Donnerkrachen die Ohren zuhielt, stützte sie seelenruhig ihre Ellenbogen auf die hässliche Resopaltischplatte. Einen Keramikbecher wie bei einem heiligen Ritual in beiden Händen haltend, schien sie jedes Schlückchen ihres starken Gebräus zu genießen.

Billes vor der Fahrt sicher noch makellos gewesenes rotes T-Shirt wies reichlich dunkle Schweißflecken auf und aus ihren vor Feuchtigkeit glänzenden Haaren bahnten sich kleine Rinnsale einen Weg über ihre Stirn zu den kräftigen schwarzen Augenbrauen.

Es donnerte schon wieder heftig. Laura stieß gequält hervor: »Das macht mich fertig. Wie kannst du dabei so ruhig bleiben?«

»Weil ich der Meinung bin, Erwachsene sollten sich nicht wie Kleinkinder benehmen. Nun komm mal langsam runter und erzähl mir, warum du heute Morgen so von der Rolle warst.«

Laura atmete ein paarmal tief durch, bevor sie erst leise, bei fortschreitender Schilderung der ganzen Misere vom Vorabend schließlich immer lauter und aufgeregter die aus dem Ruder gelaufene Duschszene mit David beschrieb.

Bille hatte aufmerksam, aber ohne eine erkennbare Regung zugehört. Als Laura, um ihre Verzweiflung zu untermalen, erst ihre Arme hochreckte, um sie dann mit einem dünnen Klagelaut wieder fallen zu lassen, kam von ihrem Gegenüber der Kommentar:

»Hammer, das ist echt 'n Ding. Da muss ich noch ein Weilchen drüber nachdenken. Vielleicht beim Duschen. Du kannst ja in der Zeit das tun, wozu du gestern nicht gekommen bist. Schieb endlich deinen Auflauf in den Ofen. Falls du dich dann vor dem Essen auch noch abspülen möchtest, halte ich vor der Tür Wache, damit dich nicht wieder irgendwelche Geister attackieren.«

»Bille, veralbere mich jetzt bloß nicht. Du hast keine Ahnung, wie geschockt ich nach dem ganzen Theater war.«

»Genau deshalb solltest du dich, wenn ich fertig bin, mit einem Liedchen auf den Lippen in die Duschkabine trauen. Es gibt keine Gespenster.

Denk einfach nur daran, dass wir vorhaben, uns einen netten Abend zu machen. Wir werden schon noch herausfinden, was dir da durch den Kopf gegangen ist.«

Laura stimmte Billes Vorschlag zu. Da sie sich selber reichlich miefig vorkam, stand sie eine halbe Stunde mit zusammengebissenen Zähnen unter der Dusche und kehrte den Prilblumen verachtungsvoll den Rücken zu. Sie benutzte instinktiv Billes Duschgel, dessen herber Geruch sie wenigstens nicht an den Kokosduft ihres eigenen Duschmittels erinnerte, der David und sie am Vorabend während der peinlichen Szene in dem Minibad umwabert hatte.

Sauber, in frischen Klamotten und entspannter als bei Billes Ankunft verputzten sie einträchtig Lauras Gemüseauflauf. Das Gewitter schien sich vom Ort zu entfernen. Bille öffnete das Küchenfenster. Die hereinströmende, würzig riechende und um einige Grad abgekühlte Luft einzuatmen, war ein Genuss. Während es draußen stiller wurde, passierte in der Küche das Gegenteil. Bille beichtete, in Lauras Abwesenheit David angerufen zu haben. Die lamentierte:

»Das glaube ich jetzt nicht. Normal wäre ja wohl gewesen, du hättest das vorher mit mir besprochen.«

»Nun mal ganz langsam. Ich kenne David schon um einiges länger als du. Wenn es ihm nicht gut gehen sollte, wäre mir das ebenfalls nicht egal. Sei froh, dass ich alles liegen und stehen gelassen habe, um dir zu helfen, einigermaßen wieder auf Normalnull zu kommen.

Hey, hör jetzt auf, so herumzumaulen. Ich finde, David hat es nicht verdient, dass du kneifst, anstatt dich zu entschuldigen. Nachdem ich ihm erklärt habe, dass du ihn gerne in einer wichtigen Sache sprechen möchtest, dich aber nicht so recht traust, hat er uns für morgen am Spätnachmittag zu einem Grillwürstchen und einem Bier im Yachtclub der Strandsegler eingeladen. Erzähl ihm irgendeine Geschichte, warum es dir gestern Abend nicht gut ging. Das wirst du ja wohl schaffen, und jetzt lass uns zum gemütlichen Teil übergehen.«

Lauras Entsetzen über Billes eigenmächtige Initiative hielt sich nicht lange. Die Aussicht, David unter Begleitschutz wiederzusehen, war verlockender als die Vorstellung, dass zwischen ihnen alles zu Ende sein könnte.

Aber wie sollte sie ihm erklären, was in ihr vorgegangen war? Immerhin blieb ihr noch eine Galgenfrist bis zum nächsten Nachmittag, um sich etwas auszudenken.

Nachdem sich Laura und Bille, als hätten sie das

schon mehrfach eingeübt, im Wohnzimmer mit hochgelegten Füßen von den jeweiligen Enden des etwas durchgesessenen Sofas in die Augen schauten, mussten sie gleichzeitig grinsen.

Laura verdrängte ihren Abstinenzbeschluss vom Morgen. Ihre Zunge hatte sich nach dem zweiten Glas Rotwein aus der von Bille mitgebrachten Flasche so weit gelockert, dass sie es fertigbrachte, auch von ihrem verunglückten Morgenausflug zum Strand bis hin zu ihrer streiflichtartig hochgekommenen Erinnerung an das, was ihr Onkel mit dem Kaninchen gemacht hatte, zu erzählen. Am Ende ihrer Beschreibung des unappetitlichen Kaninchenfundes in der Mülltonne zuckte Bille nur mit den Schultern und meinte, dass man sich auf dem Hof ihrer Eltern des unerwünschten Katzennachwuchses auf ähnliche Art und Weise entledigte.

»Dorfleben ist auch nichts für empfindliche Naturen. Einmal hat mein Onkel so einen Wurf kleiner Kätzchen sogar in einen Sack gesteckt und mit dem Trecker ...«

Bevor Bille den Satz beenden konnte, schoss Laura vom Sofa hoch, fasste sich entsetzt an den Hals und rief aus: »Hast du dich da nicht auch gefragt, warum einer, der sonst freundlich und ausgesprochen zärtlich sein kann, sich im nächsten Moment wie ein kalter Fisch benimmt?«

»Zärtlich, pah. Den Bruder meines Vaters hättest du mal erleben sollen. Der wusste wahrscheinlich nicht einmal, was das ist.

Hm, mich irritiert allerdings gerade, dass du deinen Onkel als ›ausgesprochen zärtlich‹ bezeichnet hast. Ein Onkel kann ganz normal freundlich zu seiner Nichte sein, aber zärtlich? Was hast du damit sagen wollen?«

Sie schaute Laura prüfend an, als diese stotternd nuschelte:

»Na ja, ich meine … okay, auf den Schoß nehmen und dabei streicheln. Auch an Stellen, die … ach, du kannst dir schon denken, wo.«

»Laura, jetzt erzähl mir nicht, dass das dein Onkel mit dir gemacht hat. Hier im Haus etwa, als er in den Ferien auf dich aufpassen sollte?«

Laura konnte nicht verhindern, dass ihr Tränen aus den Augen liefen, als sie mit kaum hörbarer Stimme bekannte: »Ich wollte das doch gar nicht, aber er hat mir vorgebetet, er gehöre schließlich zur Familie und da wäre es ganz wichtig, sich beim Kuscheln auch intensiv zu streicheln, um zu zeigen, wie gern man sich hat …«

Bille kam nun ebenfalls und dabei sichtlich aufgeregt aus ihrer Liegeposition hoch, rückte auf der Sofakante näher an Laura heran und rief fassungslos: »Bei dem, was mir gerade in den Sinn gekommen ist, wird mir schlecht. Wieso war der überhaupt mit dir alleine unterwegs? Ist er dir hier zum ersten Mal auf die Pelle gerückt? Und was war in der Zeit danach?«

»Nein, vorher nicht, und nach diesen Sommerferien auch nicht. Ich habe ihn in Hamburg nie mehr gesehen«, murmelte Laura leise. »Als ich gestern wieder in dieses Haus kam, war es nur so, als wäre ich über 19 Jahre durch die Zeit zurückgeschossen worden. Ich habe irgendwie in jedem Raum Onkel Edis Anwesenheit gespürt, sogar in der Dusche.«

»Laura, bitte, lass dir doch nicht alles aus der Nase pulen. Was meinst du mit: sogar in der Dusche?«

»Ähm, ja, entschuldige. Ich muss jetzt erst mal meine Nase putzen.«

Laura fingerte ein Taschentuch aus ihrer Hosentasche, während Bille Wein nachschenkte. Als sie sich ausgeschnieft hatte, wurde Laura kratzbürstig.

»Mensch, Bille, keine Ahnung, warum ich das mit der Dusche gesagt habe. Nun lass es mal gut sein. Meinem Onkel ist das sicher auch sehr peinlich gewesen, dass er mit mir vor dem vereinbarten Zeitpunkt nach Hamburg zurückkehren musste, weil ich nichts mehr essen wollte und Fieber bekam. Nachdem unser Hausarzt mich ins Krankenhaus eingewiesen hatte, mussten meine Eltern ihre USA-Reise abbrechen. Bis heute kapiere ich allerdings nicht, warum meine Mutter weniger auf ihn als auf mich stinksauer war. Sie hat mir vorgeworfen, dass ich mich Onkel Edi gegenüber unmöglich benommen hätte. Was für eine Story er ihr erzählt hat, habe ich nie herausgefunden. Einige Wochen später erfuhr ich von meiner Großmutter Hermine, seiner Mutter, er sei aus Hamburg weggezogen. Ich habe mir große Vorwürfe gemacht und von da an geglaubt, alles wäre nur meine Schuld gewesen. Ich meine, nur noch einmal seinen Namen gehört zu haben, als sich meine Eltern stritten, aber nach dem Unfalltod meines Vaters wurde er in der Familie überhaupt nicht mehr erwähnt.«

»Und was war das für eine Geschichte mit deinem Vater?«

»Eine große Scheiße war das. Weil er dauernd in der Weltgeschichte unterwegs sein musste, hat es ihn während seiner letzten Recherche über die Unruhen im Kosovo bei einem Autounfall erwischt. Ich mache ihm Vorwürfe, dass er mich mit meiner Mutter alleine gelassen hat, obwohl ich weiß, dass das Unsinn ist. Dass sie sich mehr für mich interessiert hätte, wenn er nicht gestorben wäre, kann ich mir auch nicht so recht vorstellen. Er wäre weiter durch die Welt getingelt und meine Mutter wäre wie eh und je eifersüchtig gewesen, wenn er sich bei den wenigen Aufenthalten zu Hause Zeit für mich genommen hätte.

Ich habe ihn unendlich vermisst und tue das heute noch. Seit seinem Tod und dem mysteriösen Verschwinden ihres Bruders war ich für meine Mutter anscheinend so etwas wie ein doppelter Sündenbock.

So, jetzt habe ich dir genug von mir erzählt. Lass uns doch auch mal über dich reden. Wie war denn deine Mutter zu dir in deiner Kindheit und wie kommst du heute mit ihr aus?«

»Du weißt doch, dass ich in einem kleinen niedersächsischen Dorf auf einem Bauernhof aufgewachsen bin. Meine Eltern arbeiteten von morgens früh bis abends spät und hatten wenig Zeit, sich über mein Gefühlsleben oder über das meines fünf Jahre älteren Bruders Gedanken zu machen. Wir mussten schon in jungen Jahren Aufgaben erfüllen, wie zum Beispiel Hühner, Kaninchen oder Kälbchen füttern. Unser Vater war streng, unsere Mutter eher nachsichtig. Grundsätzlich habe ich keine schlechten Erinnerungen an meine Kinderzeit, jedenfalls nicht bis zum Beginn meiner Pubertät.«

Bille seufzte und trank ihr Glas in einem Zug leer, bevor sie weitererzählte:

»Als im Dorf erste Gerüchte aufkamen, ich könnte anders als meine Geschlechtsgenossinnen sein, fingen die Probleme an. Daran war meine bis dahin beste Schulfreundin nicht unschuldig. Sie hatte sich, als wir 16 waren, wieder mal verliebt. Seit ihrem 14. Lebensjahr war sie darauf aus, die männlichen Stars unserer Dorfjugendgruppe durchzutesten. Dummerweise hatte ich ihr in einem beschwipsten Moment mal verraten, dass mich Jungs nicht interessieren würden, sie solle das aber bitte für sich behalten. Bald danach muss sie das dem übelsten Typen in unserer Dorfjugend verraten haben. Er hatte nicht viel auf dem Kasten und machte ständig einen auf dicke Hose, aber sein Vater war der reichste Bauer am Ort und hielt ständig die Hand über ihn.

Als wieder mal ein feuchtfröhliches Scheunenfest anstand, bei dem ich gleich zu Anfang den Eindruck hatte, von allen beobachtet zu werden, dachte sich die ganze Bande ein frivoles Spiel aus. Ich war mir sicher, dass ich dabei auf die Nase gehen sollte.

Wir Mädchen mussten gegen die Jungs antreten und Aufgaben lösen, wie Kabel in Steckdosen verschrauben oder in einer bestimmten Zeit mit einem schweren Hammer 20 Nägel in einen Holzklotz schlagen. Natürlich konnten die Burschen das alles besser oder schneller. Jedes Mädchen, das verlor, musste sich vom Gewinner abschlecken lassen. In der ersten Runde stand ich meinem Bruder gegenüber, der mich natürlich gewinnen ließ. Sie buhten uns aus, und mir war da schon recht mulmig zumute.

Der Liebling meiner Freundin, das Alphatier der Gruppe, war ein unerträglicher Angeber. Gegen ihn hatte ich eine Runde später nicht die geringste Chance. Als er seinen Preis einforderte und mir bei seinem vor Geilheit triefenden Zungenkuss auch noch an die Brust griff, habe ich ihm eine gescheuert. Er schaute nur triumphierend in die Runde und grölte: ›Hab ich doch richtig vermutet, dass sie eine Lesbe ist. Wette gewonnen! Kommt Jungs, darauf gebe ich einen aus.‹

Ich bin an dem Abend heulend geflüchtet, was natürlich am nächsten Tag bereits die Dorfrunde machte.

Mein Bruder und mein Vater haben sich danach gegenseitig übertrumpft, mich wie Luft zu behandeln. Meine Mutter hatte eine Weile verheulte Augen, litt still vor sich hin, lehnte mich aber auch nicht rundum ab. Sie hatte wohl einen anderen Plan.

Ich habe mich in Grund und Boden geschämt, als sie mir erzählte, dass sie mit unserem Pastor über mich und meine angeblich unnatürliche und deshalb sündhafte Neigung gesprochen hatte. Er wollte mich ins Pfarrhaus bestellen, mir gerne besondere Gebete aufgeben, damit ich die Kraft fände, auf den richtigen Weg zu kommen, blablabla …

Ich bin daraufhin nicht mehr in den Gottesdienst gegangen. Der Pastor und ich hatten übrigens schon während meines Konfirmandenunterrichts kein gutes Verhältnis, aber das war der Gipfel an Ignoranz.

Frag mich nicht, mit welchen seelischen Schrammen ich die Zeit überstand, bis ich nach meinem Abschluss an einer Hauswirtschaftsschule dem Dorf endlich den Rücken kehren konnte.

Mit meinem Vater, der kurz darauf starb, konnte ich mich nicht mehr aussprechen. Meine Mutter ist froh, dass im Dorf auch über die Kinder anderer Mütter getratscht wird und mein Bruder? Na ja, wir haben höchstens noch an Ostern und Weihnachten miteinander zu tun, wenn ich mal ein paar Tage in mein Heimatdorf fahre, das keine echte Heimat mehr für mich ist.

Laura? Ich glaube, die letzten Sätze von meinem Seelenstriptease hast du gar nicht mehr mitbekommen.«

Laura blinzelte. »Doch, aber mir fallen gleich die

Augen zu. Vielleicht sollten wir schlafen gehen und uns morgen beim Frühstück weiter unterhalten.«

»Okay, scheint mir vernünftig zu sein. Ich hole noch eben meinen Schlafsack aus dem Bully.

Erhol dich ein wenig, schlaf gut, und lass uns morgen nicht nur grübeln, sondern auch den Tag genießen.«

Als Bille kurz darauf mit ihrem Schlafsack in der kleinen Kammer verschwand, war es fast Mitternacht. Weil es sich kurze Zeit später selbst oben so anhörte, als wollte sie ununterbrochen Baumstämme durchsägen, lag Laura eine Stunde später immer noch wach.

Wieso konnte ich nur Billes Anordnung zustimmen, morgen so was wie einen Gang nach Canossa anzutreten? He, Nachbarin, willst du schon wieder Schicksal spielen wie damals, als du mich mit David bekannt gemacht hast? Verdammt, was soll ich dem bloß erzählen? Dass ich ab und zu unter Halluzinationen leide? Shit.

Der Gedanke, David gegenüberzustehen und keinen Schimmer zu haben, mit welcher Begründung sie sich bei ihm entschuldigen sollte, ließ sie trocken schlucken und nicht zur Ruhe kommen.

Kapitel 8

Laura ließ vor ihren Augen Revue passieren, wie sie David kennengelernt hatte.

Vor ein paar Monaten waren sie an einem von Billes freien Abenden in deren Lieblingslokal, der sogenannten *Tankstunde,* aufgeschlagen. Bille hatte auf das Happy-Hour-Schild am Eingang gezeigt, nach dem es von acht bis neun Drinks zum halben Preis gab. Da es kurz vor neun war, drängelten sich vor dem Tresen entsprechend viele Interessenten. Bille musste trotz des Gewusels inmitten eines Pulks von angeheiterten Männern einen Bekannten entdeckt haben. Sie zeigte in Richtung der Clique, stieß Laura mit dem Ellenbogen an und raunte ihr zu:

»Siehst du dahinten den großen Schlanken mit dem Dreitagebart und dem schwarzen Schal? Das ist David, ein ITler, den Jan von Freunden empfohlen bekam, weil wir jemanden für die Pflege unserer Coffeeshop-Homepage suchten. Glücksgriff, der macht das richtig gut und verlangt dafür keine Mondpreise.«

Um besagten David identifizieren zu können, musste sich Laura auf die Zehenspitzen stellen. Billes Blickrichtung folgend entdeckte sie den Mann mit Stoppelbart und dem lässig um den Hals geschlungenen schwarzen Schal ebenfalls. Er war fast einen Kopf größer als die um ihn herumstehenden, ausgelassen gestikulierenden anderen Typen.

»Wie schön für Jan und dich«, hatte sie achselzuckend von sich gegeben und dabei gedacht, dass er – Glücksgriff hin oder her – in ihren Augen ein eitler Schönling war. Trotzdem hatte sie nicht aufhören können, ihn anzustarren. Heute wusste sie immer noch nicht, ob es an seinen grauen Augen, den verwuschelten, dunkelblonden, leicht gewellten Haaren mit offensichtlich blondierten Spitzen oder doch eher an seinem schön geschnittenen Mund gelegen hatte.

Bille schien das sofort bemerkt und auch amüsiert zu haben. Ihren Kommentar hatte Laura nicht witzig gefunden:

»Huhu, ich frage mich gerade, was dein auffällig einfältiger Gesichtsausdruck zu bedeuten hat. Könnte dafür der liebe David verantwortlich sein?«

»Quatsch, ich bekomme nur Komplexe, wenn ich Männer sehe, denen ich nicht mal bis zur Schulter reiche. Und überhaupt, sieht der nicht wie ein … äh … na ja, wie ein Typ mit Jahresabo für ein Sonnenstudio und regelmäßigen Terminen bei einem Schickimicki-Friseur aus?«

»Oha, meiner Meinung nach schätzt du David damit aber total falsch ein.«

Bille hatte breit gegrinst, bevor sie weitersprach: »Soviel ich weiß, hat David Lockvitz …«

Ihr Grinsen war in einen Lachanfall übergegangen, bevor sie weiterreden konnte. »Mensch, Laura, ich habe noch nie darüber nachgedacht, dass er Haare passend zum Namen hat. Ich glaube allerdings, dass er sich weder Strähnchen machen lässt noch dass er Kunde in einem Sonnenstudio ist. Jan hat mir mal erzählt, dass David seine Bürotätigkeit gerne an den Nagel hängen und lieber gegen einen Freiluftjob tauschen würde. Aber mit seiner Arbeit als ITler finanziert er erstens seinen Lebensunterhalt und zweitens sein Hobby. Er macht Sport- und Landschaftsaufnahmen und soll die inzwischen auch schon ganz gut verkaufen können.

He, Laura, das bringt mich auf eine Idee. Du fotografierst doch auch gerne. Ich sollte dich mit diesem Prachtmann bekannt machen.«

Laura war nicht mehr dazu gekommen, gegen Billes Vorschlag zu protestieren, weil besagter David sich genau in dem Moment von den anderen seiner Clique verabschiedet hatte und, oh Schreck, geradewegs auf sie und Bille zugekommen war.

Laura schaute, immer noch hellwach, auf ihre Armbanduhr. So ein Mist, es war kurz vor ein Uhr und ihr Kopfkino wollte sich einfach nicht abstellen lassen.

Bille, ich gebe zu, dass ich unendlich sauer auf dich war, als du dich offensichtlich vor Lachen ausschütten konntest, weil dieser eingebildete Typ sagte:

»Hallo, Coffeequeen, schön dich mal woanders als in eurem Laden zu treffen. Und wie ich sehe, hast du heute deine kleine Schwester dabei. Darf die denn schon Cocktails trinken?«

Während ich meinen Blick krampfhaft auf die Fransen seines Schals gerichtet hielt, dachte ich noch an Flucht. Als er meine Hand ergriff und sie, während er sich vorstellte, nicht mehr losließ, war es dafür zu spät.

Bille, ich habe immer noch im Ohr, wie er mit einschmeichelnder, aber trotzdem nicht unangenehmer Stimme meinte: »Ich heiße David, und ich möchte mich für meine flapsige Vorstellung entschuldigen. Das lag wohl daran, dass wir uns seit Feierabend bis gerade in meiner Kollegenclique nur dumme Witze erzählt haben.«

Jan und Billes Homepagebastler hatte mit seinen beeindruckenden, in dem Moment in ein dunkleres Grau wechselnden Augen erst Bille und dann – etwas länger – Laura angeschaut und gefragt: »Habt ihr denn hier schon mal mit Kaspar, Melchior und Balthasar Bekanntschaft gemacht?«

Der hat doch einen Knall, dachte Laura, weil sie annahm, dass er nun auch noch einen öden Bibelspruch loswerden wollte. Im Gegensatz zu ihr wusste Bille aber, was er meinte und fand seinen Vorschlag toll, ihnen die in dem Laden so benannten Drinks nacheinander auf seine Kosten zu spendieren.

Am Ende des Abends verschwand Bille, kurz bevor sie ein Taxi bestellte, noch mal Richtung Toiletten. Dass Laura sich, inzwischen reichlich beschwipst, von David überzeugen ließ, ihre Handynummern auszutauschen, erzählte sie ihrer Nachbarin beim Abschied vor ihren Appartementtüren nicht. Während der Taxifahrt hatte sie sich anhören müssen:

»Mein Gott, so wie du auf David abgefahren bist, bin ich froh, dass ich als Anstandswauwau dabei war. David ist zwar ein netter Kerl, aber wie der dich um den Finger wickeln kann, tz. Vielleicht schaltest du doch besser erst mal einen Gang zurück, falls du ihn wiedertreffen solltest.«

Laura konnte ihr unmöglich erzählen, dass sie

genau darauf hoffte. Sie musste David einfach wiedersehen und herausbekommen, ob sie sich ihr Interesse an ihm nur einbildete oder mal wieder ein Experiment fällig war, das ihr bewies, bei einem sich ergebenden One-Night-Stand nicht gleich wieder aggressiv zu werden.

Nachdem sie Bille vor einer Woche von ihrer Absicht erzählt hatte, sich von David wegen ihres lädierten Autos mit nach St. Peter nehmen zu lassen, war das nur mit einem »Aha, na denn«, kommentiert worden.

Und jetzt sitze ich so was von in der Patsche. Bille wird garantiert auch morgen nicht aufgeben, weitere Fragen zu stellen. Wie soll ich ihr bloß erklären, dass ich mich schwertue zu erzählen, an was ich mich inzwischen sonst noch alles erinnert habe?

Laura war müde und gleichzeitig enorm aufgedreht. Im Schein der schummrigen Nachttischlampe schaute sie auf ihre Armbanduhr. Ein Uhr dreißig und dazu noch eine volle Blase.

»Das auch noch, na prima«, knurrte sie, richtete sich stöhnend auf, setzte sich auf die Bettkante und tastete mit den Zehen nach ihren Flip-Flops. Als sie sie endlich an den Füßen hatte, hievte sie sich genervt aus der tiefen Bettstelle hoch. Sie war erst mit einem Bein auf der Stiege, als sie mit dem am Morgen lädierten Fußgelenk erneut umknickte.

»Verdammt!«, kreischte sie laut, während sie schmerzhaft mit dem Hintern auf der Stiegenkante landete und auf diesem mit reichlich Getöse über alle Stufen abwärts rutschte.

Die Tür zu Billes Kammer öffnete sich kaum eine Minute nach Lauras Missgeschick. Bille schaute mit total verwuschelter Frisur und verschlafenen Augen auf das Häuflein Elend zu ihren Füßen und fragte:

»Was ist denn in dich gefahren, hier mitten in der Nacht eine Zirkusnummer zu proben?« Dann aber schon fürsorglicher: »Versuch mal vorsichtig, Arme und Beine zu bewegen. Du hast dir hoffentlich nicht ernsthaft was getan.«

Laura folgte zögerlich Billes Anweisungen, ohne dass es Anzeichen für eine Verletzung gab. Sie wimmerte: »Sei mir nicht böse, dass ich dich geweckt habe. Ich konnte einfach nicht einschlafen, ich glaube, das Haus ist verhext.«

Bille seufzte: »Nun hör aber mal auf. So was gibt es nicht.« Sie half Laura auf die Füße und ordnete an: »Du erledigst jetzt besser mal, was du bisher noch nicht erledigen konntest, und dann gehen wir beide ganz schnell wieder in die Heia.«

Laura humpelte zur Toilette. Als sie zurückkam,

sah sie Bille in ihrem kurzen Schlafshirt immer noch vor der Kammertür stehen. Sie fasste sich ein Herz und fragte mit kläglich dünner Stimme: »Könntest du bitte, bitte deinen Schlafsack nehmen und mit nach oben kommen. Wenn du noch ein paar Minütchen deine Augen offen halten kannst, möchte ich dir was erzählen.«

Bille öffnete ihren Mund, als wollte sie etwas sagen, schüttelte dann aber nur ihren Kopf und verschwand in der Kammer. Mit dem Schlafsack unter dem einen Arm wies sie zur Stiege und sagte: »So, mach mal mit deinem geschundenen Body den Anfang und sag mir, wenn ich schieben soll.«

Als sie schließlich im Dunklen nebeneinander im Bett lagen, schilderte Laura, was sich beim Anblick der Prilblumen in ihrem Kopf abgespielt hatte, und schaffte es nach kurzem Zögern sogar, von ihren Wutgefühlen am Nachmittag bei der Entdeckung des Zauberwürfels zu erzählen.

Die Wut kam noch einmal zurück. Laura setzte sich abrupt im Bett auf und rief: »Das Schlimmste ist, dass meine Mutter mir das eingebrockt hat. Sie muss doch gewusst haben, was ihr tüchtiger Bruder für ein Schmierlappen war.

Bille, ich hasse meine Mutter!«

Laura ließ sich schluchzend auf ihr Kissen zurückfallen. Bille, die bis dahin aufmerksam zugehört hatte, rückte in ihrem Schlafsack näher an Laura heran und sagte: »Mensch, Mädchen, für mich ist es so klar wie Kloßbrühe, dass du dringend professionelle Hilfe brauchst. Dazu ist mir während deiner Berichte etwas eingefallen, aber das erkläre ich dir morgen. Nun schlaf erst mal.«

Laura spürte, wie Billes Hand ein paarmal über ihr verschwitztes Haar strich, bevor ihr endlich die Augen zufielen.

Kapitel 9

Bis zum frühen Nachmittag hatten Laura und Bille nach einem gemütlichen Spätfrühstück mit Billes duftendem Lieblingskaffee und den von ihr besorgten belegten Brötchen im dem Untergang geweihten Ferienhäuschen über die Restbrauchbarkeit von Gegenständen diskutiert.

Dabei herausgekommen war lediglich, dass Bille Interesse an dem kleinen Fernseher hatte sowie die Spiele aus dem Kinderzimmer für die Kinderecke in ihrem Hamburger Bistro mitnehmen wollte.

Bis dahin hatten sie noch nicht wieder an ihre gegenseitigen nächtlichen Bekenntnisse gerührt, doch Laura lag Billes Bemerkung im Magen, sie hätte es wegen ihrer offensichtlich erlebten Flashbacks dringend nötig, sich professionelle Hilfe zu holen.

Mit der Erinnerung »du hast heute Nacht angedeutet, dass du mir in Bezug auf meine Probleme einen Rat geben könntest«, versuchte Laura, den Faden wiederaufzunehmen.

»Ja, stimmt, aber bei dem schönen Wetter müssen wir doch nicht bis zu unserer Verabredung hier in dieser Gruft sitzen bleiben. Ich möchte dich an den Strand entführen, genau genommen zum Pfahlbaurestaurant *Arche Noah* vor St. Peter-Bad.«

»Das ist ja ein Ding, du scheinst dich hier besser auszukennen als ich. Davon hast du mir nie etwas erzählt.«

»Laura, bis vor ein paar Monaten konnte ich nicht an den Ort denken, ohne das heulende Elend zu kriegen. Also habe ich ihn und alles, was damit zusammenhängt, lieber verdrängt. Nachdem ich gestern mit David sprach, ist mir die Idee gekommen, mit dir dorthin zu pilgern und auszutesten, wie es mir heute dabei geht. Falls es mich beutelt, werde ich mir mal zur Abwechslung einen antüdeln, und schlimmstenfalls musst du dir etwas über die Person anhören, die mein Seelenleben durcheinandergewirbelt hat.«

»Ich nehme an, es geht um deine Verflossene. Hast du an sie gedacht, als du mir heute Nacht sagtest, du könntest mich mit jemandem bekannt machen, dem ich meine Geschichte erzählen sollte?«

»Ja, habe ich. Zumindest indirekt. Ich erkläre es dir später. Nun lass uns mal hier klar Schiff machen und dann Badesachen packen.«

Nach einer kurzen Aufräumaktion fuhren sie wegen der Partyeinladung am späten Nachmittag nicht mit Billes Bully, sondern mit dem Linienbus Richtung Seebrücke in St. Peter-Bad. Sie waren übereingekommen, sich am Abend für die Rückfahrt ein Taxi zu leisten, nicht zu spät ins Bett zu gehen und am anderen Morgen nach einem Frühstück gegen 8 Uhr die Rückfahrt nach Hamburg anzutreten.

Auch wenn es so aussah, dass sich nach dem durchgezogenen Gewitter die Temperatur an diesem Sonntag nicht, wie an etlichen vorhergehenden, in Rekordhöhe schrauben würde, freute sich Bille auf ein Bad in der Nordsee. Beim Packen ihrer Badesachen hatte sie sich amüsiert über Lauras Weigerung ausgelassen, das Gleiche zu tun, weil sie David am späteren Nachmittag nicht mit verpusselter Frisur unter die Augen kommen wollte.

»Interessant, dass du dir darüber Gedanken machst«, hatte Bille sich nicht verkneifen können zu sagen und sich dafür einen vernichtenden Blick von Laura eingefangen.

Sie waren erst ein paar Minuten im Bus unterwegs, als Laura zu ihrem Nachbarsitz schielte, auf dem Bille vor sich hin döste und drollige Atemgeräusche machte.

Auch an diesem Morgen war ihr der Schrecken

in die Knochen gefahren, als sie nach dem Erwachen in der Dachkammer einen Blick auf die leere Seite des Doppelbettes geworfen hatte. Erst als sie dort Billes ordentlich zusammengelegten Schlafsack entdeckt hatte, war sie beruhigt davon ausgegangen, dass ihre Nachbarin wahrscheinlich unterwegs war, um Brötchen zu holen.

Laura fühlte enorme Dankbarkeit, dass sie sich hatte aussprechen dürfen, und nahm sich vor, dies im Laufe des Tages auch deutlich zu zeigen.

Bille wirkte heute blass und abgespannt, was nicht nur daran lag, dass sie im Gegensatz zu dem gestrigen knallroten nun ein weißes T-Shirt zu einer weißen Jeans trug.

Laura betrachtete gerührt die geschlossenen, im Moment leicht flatternden Augenlider ihrer Sitznachbarin, deren dichte schwarze Wimpernkränze die bläulichen Augenringe noch betonten. War es sehr unverschämt gewesen, sie um ihre Nachtruhe zu bringen? Laura hoffte, dass Bille zumindest in dem Teil, in dem sie über die wenig erfreulichen Episoden aus ihrer eigenen Jugendzeit erzählt hatte, auch ihr Herz ein wenig erleichtern konnte.

Ach, Bille, du hast mich gestern davor bewahrt, durchzudrehen. So eckig, wie du dich manchmal gibst, bist du überhaupt nicht. Mit deiner Geduld hast du mich dazu gebracht, mein Innerstes nach außen zu kehren. Habe ich am Ende tatsächlich eine Hasstirade auf meine Mutter losgelassen? Was ist da bloß so schrecklich schiefgelaufen zwischen ihr und mir?

Im Anzeigenfeld des Busses erschien »St. Peter-Bad«. Laura zog sanft am Ärmel von Billes T-Shirt und musste lachen, als die meinte: »Entschuldige, ich habe wohl noch ein wenig meine Augen geschont, aber erzähl mir nicht, ich hätte schon wieder geschnarcht.«

»Nur ein wenig gesäuselt, aber jetzt komm. Ich bin neugierig auf die *Arche Noah*.«

Sie überquerten die Promenade, auf der am Sonntagnachmittag quirliger Betrieb herrschte. Laura schaute neidisch auf die bunten Cocktails, mit denen einige Besucher vor dem Selbstbedienungslokal am Ende der Promenadenausbuchtung in der Sonne saßen.

Bille dirigierte sie zu dem Holzhäuschen am Anfang der Seebrücke, vor dem sie sich in eine beträchtliche Warteschlange einreihen mussten, um Tickets für ihre Kurtaxe zu lösen.

Die Länge der Brücke über die Salzwiesen hatte Laura unterschätzt.

»Mann o Mann, die Pfahlbauten sehen ja immer noch aus wie eine Fata Morgana«, klagte sie auf halber Strecke.

»Quak nicht rum, wenn wir da sind, gebe ich dir einen kühlen Drink und meinetwegen sonst noch was aus. Von der *Arche Noah* aus kann man übrigens zu der Trainingsstrecke der Strandsegler rüberschauen. Vielleicht willst du ja später bei David damit punkten, dass dich das sehr interessiert hat.

»Erinnere mich jetzt bloß nicht daran. Du hast mir da was eingebrockt, ohne mich vorher zu fragen, ob ich das überhaupt will.«

»Nun warte doch mal ab. Du möchtest ihn doch wiedersehen, oder?«

Sie musterte grinsend Lauras hauteng sitzendes, lilafarbenes Top, das ihren kleinen, aber wohlgeformten Busen durch eine geschickte Schnürung, die in einer Nackenschleife auslief, raffiniert zur Geltung brachte. »Du siehst aus wie ein leckeres Bonbon in praktischer Verpackung. Wenn du dich damit bei deiner Entschuldigung richtig in Szene setzt, kann nicht viel schiefgehen.«

Laura verdrehte die Augen und verzichtete darauf, Bille eine patzige Antwort zu geben.

Inzwischen hatten sie beide die Ansammlung von etlichen Leuten vor dem Eingang zur *Arche Noah* bemerkt.

»Das können wir dann ja wohl vergessen, schade«, meinte sie zu Bille. »Ich fürchte, wir müssen uns was anderes einfallen lassen.«

Bille schien so schnell nicht aufgeben zu wollen. »Irgendwie machen diese Leute auf mich den Eindruck, als gehörten sie zu einer geschlossenen Ausflugsgruppe, die Plätze reserviert hat. In dem Fall werden sie bestimmt gleich durchgewunken.«

Sie behielt recht. Ein paar Minuten später war der Eingang wieder frei, aber im Inneren des urigen Lokals tanzte trotzdem der Bär.

Bille übernahm das Kommando: »Los, bleib mir auf den Fersen, wir versuchen es mal draußen auf der Terrasse.«

Dort hatten sie tatsächlich Glück, als Bille ein junges Paar ansprach, das an einem Vierertisch hinter dem gläsernen Windschutz saß und ankündigte, sowieso gleich aufbrechen zu wollen.

Der unverstellte Ausblick auf die Sandbank zur Linken und die in der Sonne glitzernde Wasserfläche zur Rechten entschädigte zwar dafür, dass sie eine Weile auf ihre Getränke warten mussten. Laura blickte trotzdem in immer kürzer werdenden Abständen auf ihre Uhr. Was hatte Bille ihr da bloß eingebrockt? Während die Cocktails schließlich serviert wurden – sie hatte sich für ein Rhabarbersaft-Sekt-Gemisch entschieden, Bille für einen Campari Orange – spürte sie in sich eine zunehmende Unruhe.

»Hey, du Panikmaus, schaltest du jetzt bitte mal auf Genießen um?«

»Befiehlst du mir das jetzt genauso wie den Canossagang zu David?«

Wenn die kleinen Teufel in Lauras Kopf beabsichtigten, Bille zu ärgern, hatten sie nach deren irritierter Miene nach zu schließen Erfolg. Laura legte noch mal nach:

»Sag mal, Bille, habe ich das heute bei unserem Aufbruch richtig verstanden, dass es bei deinem letzten Aufenthalt hier um was anderes als nur tolles Nordseefeeling ging?«

Laura hatte ihren unüberlegten, unsensiblen Satz kaum ausgesprochen, als sie sich beim Blick auf ihr Gegenüber am liebsten selbst geohrfeigt hätte. Bille schien in Sekunden körperlich zu schrumpfen. Sie krümmte ihren Rücken, als plagten sie arge Brustschmerzen. An ihren sonnengebräunten Händen, mit denen sie krampfhaft die Oberarme umfing, traten weiß die Fingerknochen hervor. Ihre schwarzen Augen, die bis vor ein paar Minuten noch so lebhaft geblitzt hatten, blickten starr und von Tränen umflort zum Horizont.

Laura wand sich und versuchte zu retten, was zu retten war.

»Bille, es tut mir leid. Du hast dich auf den Weg hierher gemacht, um mir zu helfen, weil mich irgendwelche alten, beschissenen Erinnerungen umgehauen haben. Bei dem, was du vor unserem Aufbruch angedeutet hast, hätte ich Trampeltier so etwas wie gerade eben nie sagen dürfen.«

Bille setzte sich mit einem Ruck auf, als würde sie von einem unsichtbaren Signal ermahnt, wieder auf normal null zu kommen.

»Hör auf, dir Vorwürfe zu machen. Ich wollte schließlich hierherkommen. Und das nicht, um dir einen Gefallen zu tun, sondern aus ganz egoistischen Gründen.

Hast du eigentlich Hunger? Nein? Ich auch nicht, aber ich könnte jetzt noch einen weiteren Drink vertragen. Trinkst du einen Aperol Spritz mit mir?«

»Gute Idee, ich muss nur vorher mal kurz ein bestimmtes Örtchen aufsuchen. Bedienung sehe ich hier gerade nicht. Am besten bestelle ich gleich an der Theke.«

Als Laura zurückkam, standen die neuen Gläser schon auf dem Tisch.

Bille lachte etwas sparsam, aber immerhin schien sie sich wieder gefangen zu haben. Sie prostete Laura zu, trank genießerisch und bekannte:

»Man sollte nicht an Orte zurückkehren, an denen man schon mal von Dämonen befallen wurde. Du hast offensichtlich über viele Jahre verdrängt, was dir als Kind in eurem alten Ferienhaus passiert ist. Ich war einfach nur so dämlich, testen zu wollen, wie ich auf diesen Ort heute reagiere. Mit Regina, meiner Ex, war ich hier sogar zweimal. In der Anfangszeit unserer Beziehung, als wir vieles noch rosarot sahen, und dann vor zwei Monaten, um unsere Trennung zu besiegeln. Mit diesem Lokal werde ich künftig eher unsere letzte Auseinandersetzung in Verbindung bringen. Unsere Vorstellungen, was eine gemeinsame Zukunft anging, waren einfach zu unterschiedlich. Sie wollte in ihrem Beruf weiterkommen, daneben aber auch ein Kind, was dann, ob nach einer Adoption oder infolge einer anderen Lösung, eindeutig zu meinen Lasten gegangen wäre.

Und nun aus die Maus. Wenn du willst, erzähle ich dir ein anderes Mal mehr darüber.«

»Bille, das tut mir leid. Und was hattest du damit gemeint, mir vielleicht bei meinem Problem weiterhelfen zu können?«

»Es ist nicht so, dass ich zu Regina nach unserer Trennung total auf Abstand gegangen bin. Sie hat einen Cousin, der als Psychotherapeut mit traumatisierten Kindern und Betroffenen arbeitet, die sich, von Flashbacks geplagt, erst Jahre nach verdrängten und verschütteten Erlebnissen ihrer Vergangenheit stellen.

Ich bin nur selbst ernannte Küchenpsychologin, aber seit meiner Ankunft gestern wurde ich immer hellhöriger. Bei dir scheinen Erinnerungen an den damaligen Aufenthalt mit deinem Onkel wieder hochgekocht zu sein, die du nicht mehr länger unter dem Teppich halten solltest.

Ich weiß, dass man in solchen Fällen auch Hilfe über Pro Familia bekommen kann, aber wenn du einverstanden bist, würde ich gerne versuchen, dass Regina für dich bei ihrem Cousin ein gutes Wort einlegt. Er arbeitet schon länger auch mit deren Beratungsstellen zusammen. Vielleicht würdest du auf direktem Weg schneller einen Termin für ein Erstgespräch bekommen.«

»Danke, ich werde mir das überlegen. Bevor ich mich allerdings auf die Couch eines Seelenklempners lege, möchte ich unbedingt noch ein paar Dinge über meine Familie herausfinden. Wenn wir wieder in Hamburg sind, muss ich mich wohl oder übel zumindest telefonisch bei meiner Mutter melden. Persönlich will ich sie garantiert erst mal nicht sehen. Warum sie es immer schon vermieden hat, mir etwas von ihrem Verhältnis zu meinem Onkel zu erzählen und was aus ihm nach seinem Abtauchen geworden ist, würde sie mir sowieso nicht freiwillig beantworten. Ich werde sie anrufen und versuchen, Zeit zu schinden, bis ich mir zurechtgelegt habe, womit ich sie konfrontieren will.

Zuerst möchte ich mich mit Maria, unserer früheren Haushälterin, treffen und danach Onkel Max, dem Bruder meines Vaters, auf den Zahn fühlen. Die müssten mir beide manches von meiner Familie erzählen können. Herrje, warum bin ich darauf nicht schon früher gekommen?«

»Mach das und klopf sofort bei mir an, falls du was Neues erfährst. Du kannst mich vorerst weiter als seelischen Mülleimer buchen, bevor wir für dich einen besseren Zuhörer finden. Das wird aber nur klappen, falls ich vorher nicht verhungere.

Wenn ich David richtig verstanden habe, wird es bei den Strandseglern auch gegrillte Würstchen geben. Zu denen müssen wir von hier aus aber erst noch hinmarschieren. Mein Magen knurrt, und wie ist es mit deinem?«

»Okay, geht mir ähnlich. Am Nachbartisch haben sie vorhin Garnelen mit Knoblauchbrot verputzt. Damit könnte ich mich anfreunden … och, nee, lieber doch nicht. Den Knoblauchdunst habe ich bis hierhin gerochen. Wenn ich nachher David treffe …«

Bille schien, so wie sie amüsiert losprustete, wieder ganz die Alte zu sein.

»Dann bestell dir was Neutrales, ich nehme auf jeden Fall die Garnelen. Guter Tipp, danke.«

Kapitel 10

Es war schon fast 15 Uhr 30, als sie die *Arche Noah* verließen. Bille hatte versucht, per Handyrecherche die Entfernung zuerst vom Pfahlbaurestaurant zur Wasserlinie der Bade-, Kite- und Surfzone und dann weiter den Strand entlang bis zu der Stelle einzuschätzen, an der sie auf den Fußgängersteg zum Ortsteil St. Peter-Ording stoßen würden. Von da aus war es allerdings noch ein weiteres gutes Stück, das sie auf dem Steg über den Rochelsand bis zum Yachthafen der Strandsegler zurücklegen mussten.

Da sie vermutlich, wenn sie nicht rennen wollten, eine bis eineinhalb Stunden einzuplanen hatten, um zu ihrem Ziel zu kommen, verzichtete Bille darauf, ein Bad in der Nordsee zu nehmen, sondern schlug vor, einfach die Besonderheiten der Wegstrecke zu genießen.

Nach einer Weile meinte sie: »Ich weiß nicht, was du empfindest, wenn du an einem Meeressaum entlanggehst. Okay, ich war noch nie in den

Alpen, habe aber schon Berichte von Menschen gelesen, denen es dort so geht wie mir hier. Es ist so, als würde mir eine Kraftpackung als Vorsorge verpasst, um wieder eine Weile in der Betonwüste einer Stadt überleben zu können. Sieh dir mal all die Leute an, die diesen Badeort offensichtlich lieben. Dafür, dass wir mit ihm persönliche Negativerlebnisse verbinden, kann er nichts. Vielleicht hast du demnächst mal Lust, mit mir einen Ausflug an irgendeinen anderen Küstenort oder auf eine Insel zu machen, bei dem wir nicht über blöde Erinnerungen stolpern.«

»Gute Idee«, stimmte Laura zu. »In den nächsten Wochen steht zwar bei mir vorrangig Sherlock-Holmes-Arbeit in Sachen Familie auf dem Programm, aber für die ein oder andere Ablenkung wäre ich bestimmt zu haben.«

Sie liefen eine Weile schweigend weiter und genossen es, über die wie im Dornröschenschlaf liegende, in der Sonne glitzernde Nordsee zu schauen und dabei ihre bloßen Füße von den zum Strand hin züngelnden und wieder zurückweichenden Wellen einer beginnenden Flutperiode sanft umspielen zu lassen.

Über die große Sandbank bewegten sich in beide Richtungen unaufhaltsam einzelne Personen, Gruppen von übermütigen Jugendlichen,

Paare im Seniorenalter, aber auch viele junge bis mittelalte Eltern, die mit Argusaugen überwachten, was ihren Kleinkindern an Unsinn einfallen mochte.

Laura beobachtete vorrangig junge Pärchen, nahm aber auch hin und wieder Billes nachdenkliche Miene zur Kenntnis, wenn ihr Blick auf planschenden und juchzenden Kleinkindern zu ruhen schien.

Schließlich traute sie sich zu fragen, was ihr seit Billes Kommentar zum Ende ihrer Beziehung nicht mehr aus dem Sinn gehen wollte:

»Hättest du dich denn überhaupt mit dem Gedanken anfreunden können, mit deiner Partnerin ein Kind großzuziehen, wenn ihr euch über gleichberechtigte Rollen einig geworden wäret?«

Es dauerte eine Weile, bis sie eine Antwort bekam.

»Ach, Laura, auf welche Aufgabenteilung man sich in einer lesbischen Beziehung einigt, ist wahrscheinlich weder einfacher noch schwieriger als in der zwischen Männern und Frauen. Ich halte es auch für fair, dass schwule oder lesbische Paare eine Familie gründen können, in der eigene oder angenommene Kinder aufwachsen. Ich tue mich nur persönlich schwer damit zu glauben, dass es auf Dauer genügend tolerante Menschen gibt, die ihren Zöglingen beibringen, nicht andere Kinder zu mobben, die zwei Mütter oder zwei Väter haben.

Übrigens gefällt mir mein unabhängiges Leben momentan ganz gut.«

»Schön für dich. Bei mir sieht das anders aus. Ich komme mir vor wie ein fehlerhaft gestrickter Pullover, bei dem ich das Fadenende noch nicht finden kann, mit dem ich das ganze beschissene Teil aufribbeln und was Neues daraus machen sollte.«

»He, die Beschreibung gefällt mir. Ich gehe davon aus, dass du das schaffst, wenn du dir Hilfe suchst. Ich drücke dir nachher ganz tüchtig die Daumen für dein Gespräch mit David. Vielleicht könnt ihr weiter Kontakt halten, während du nach einem neuen Strickmuster suchst. Er ist wirklich ein feiner Kerl.«

»Ich fürchte, wir werden bald bei dem Clubhaus der Strandsegler ankommen. Was ich David genau sagen soll, weiß ich immer noch nicht.«

»Lass es drauf ankommen, oder nein, warte mal. Er war am Telefon so voller Begeisterung, was das Hobby seines Freundes angeht, dass du ihn erst mal fragen solltest, was es damit genau auf sich hat. Wenn wir beim Clubhaus sind, kannst du ihn vielleicht sogar animieren, dir das ›fliegende Schiff‹ seines Kumpels zu zeigen, das der sicher auf dem Gelände gegenüber geparkt hat.«

»Bille, für den Fall, dass ich nicht mit ihm klarkommen sollte, möchte ich nur, dass wir ganz schnell den Abflug machen.«

»Versprochen.«

Von der vor flachen Dünenausläufern errichteten Clubhütte des Yachtclubs an der Einmündung des Strandweges kamen wenige Minuten später ihr gedrungenes Dach sowie ihre hölzerne Terrasseneinfassung in Sicht, hinter der sich ein buntes Völkchen zu tummeln schien. Laura hatte keine Mühe, zwischen ihnen recht schnell David zu entdecken, der wie damals, bei ihrem ersten Kennenlernen, die meisten der um ihn herumstehenden Mitfeiernden um fast eine Haupteslänge überragte. Sie schluckte trocken beim Anblick seiner dunkelblonden Locken, zwischen denen die im Sonnenlicht noch deutlicher als sonst auffallenden hellen Haarspitzen einen wunderbaren Kontrast zu seinem gebräunten Teint bildeten.

»Ich habe ihn auch längst entdeckt, nun vergiss mal vor lauter Ehrfurcht nicht, weiterzugehen«, lästerte Bille und knuffte sie in die Seite. »Aber was ist das denn? Der liebe David scheint bereits Anschluss gefunden zu haben.«

Bille musste gesehen haben, was Laura im gleichen Moment entdeckte. Aus dem Kreis um David hatte sich ein junger Mann in Richtung Clubhauseingang auf den Weg gemacht und damit den Blick auf eine Szene freigegeben, die Laura unter die Haut ging.

In seiner rechten Hand hielt David einen Bierkrug, mit dem er das Cocktailglas der neben ihm stehenden blonden, mit einer verwegenen Löwenmähne ausgestatteten jungen Frau anstupste, der er gleichzeitig den linken Arm um den Hals legte, um sie an sich zu ziehen. Laura fühlte sich, als hätte sie jemand in Eiswasser getaucht.

Als wären Billes und Lauras Blicke zu ihm durchgedrungen, schaute David zu ihnen herüber, drückte seiner Begleiterin sein Getränk in die Hand, winkte und setzte sich in Bewegung, um sie abzuholen.

»Da seid ihr ja«, meinte er heiter, nahm erst Bille und dann Laura in den Arm und schleuste sie auf die Terrasse des Clubhauses.

Laura nahm nur am Rande wahr, wie knackig David in seinem mintgrünen Muskelshirt zu weißen Bermudas aussah, weil sie bereits die Blondine mit ihren sonnengebräunten langen Beinen, knappen Jeans-Shorts, der gut gefüllten gelben Korsage und ihrer wilden Langhaarfrisur ins Visier genommen hatte, zu der David Bille und sie nun hinführte.

»So, dann will ich euch mal mit Sabrina, der Flamme meines Freundes Hannes, bekannt machen«, meinte er grinsend. »Und das, liebe Sabrina, sind Sybille und Laura, zwei nette Freundinnen aus Hamburg, die zufällig ihr Wochenende hier verbringen.«

Sabrina schmunzelte und erklärte: »Nett, euch kennenzulernen. Ich gehöre hier zu den sogenannten ›Thekenschlampen‹, die bei unseren Feten ehrenamtlich arbeiten, damit alle gut versorgt werden. Ich habe gerade mal eine Pause gemacht. Wenn ihr mit reinkommt, kann ich euch erzählen, was wir hier für durstige Kehlen parat haben.«

Bille reagierte flink, als David protestierte und meinte, das wäre sein Part.

»Lass mal, mein Lieber. Laura und ich haben unterwegs schon verabredet, dass wir nach den leckeren Drinks in der *Arche Noah* vorerst mit einer Cola zufrieden sein sollten. Ich kümmere mich darum, nachdem ich ein bestimmtes Örtchen aufgesucht habe. Wir sehen uns gleich wieder.«

Laura erinnerte sich an Billes Tipp.

»Hattest du inzwischen überhaupt Gelegenheit, Fotos zu schießen?«, fragte sie David und vermied dabei, ihm direkt in die Augen zu sehen. »Gestern gab es das Gewitter und heute war es doch enorm windstill.«

»Ja, leider, aber gestern hatte ich zumindest bis zum frühen Nachmittag das Glück, ein paar spektakuläre Aufnahmen in die Kiste zu bekommen. Ich werde erst am Dienstag zurückfahren. Mal sehen, was sich noch ergibt.«

Laura zeigte auf die dem Yachtclub gegenüberliegende Seite des Strandweges.

»Apropos Kiste, ich habe keine Ahnung, wie so ein Rennsegler aus der Nähe aussieht. Würdest du vielleicht mal mit mir da rübergehen und mir erklären, was an den Dingern so faszinierend sein soll?«

»Gerne doch, komm mal mit.«

Laura war überwältigt von den dort abgestellten, in allen möglichen Farben lackierten schnittigen Gefährten. Von Davids Vortrag über die unterschiedlichen Segelklassen, Bauweisen und zu erreichenden Geschwindigkeiten verstand sie nicht allzu viel. Als er auf die blaue Rennyacht zeigte, die seinem Freund Hannes gehörte, legte er los:

»Stell dir mal vor, die gehört zur sogenannten Königsklasse und kann bis zu 140 Kilometer in der Stunde machen.«

Während David weiterschwärmte, hatte es Laura längst eine kleinere Yacht angetan, deren rot lackierter Rumpf in der Sonne glänzte und auf die sie nun zusteuerte.

»Okay«, meinte David und kam lachend hinterher.

»Die ist auf jeden Fall eine gute Wahl. Eines der neuesten Modelle aus Kunststoff und Kohlefaser, die ein Hamburger baut. Man kann dafür locker bis zu 20.000 Euro ausgeben.

Leider habe ich noch nicht viel Ahnung, wie man die Yachten optimal beherrscht, obwohl ich es spannend finde, sie während eines Rennens zu fotografieren. Dass sich damit ein Mehrfaches der Windgeschwindigkeit erreichen lässt, klingt nicht ganz ungefährlich. Die Anschaffung eines Strandseglers würde bei mir übrigens schon am dafür fehlenden Geld scheitern. Vielleicht sichere ich mir vor dem Ende der Saison noch einen Platz in einem der stattfindenden Schnupperkurse. Es reizt mich schon, auszuprobieren, wie man sich fühlt, in einer Kiste wie der hier, über den Strand zu flitzen.«

Bei seinen letzten Worten war David dicht an Laura herangetreten, die ihm bei der Betrachtung des schnittigen roten Rennwagens den Rücken zugekehrt hatte.

Er legte ihr die Hände auf die Schultern und drehte sie sanft herum.

»Laura, sag mir endlich, was Sache ist. Was sollte das mit der Vorstellung vorgestern Abend?«

»David, es tut mir wirklich leid, dass ich so ausgerastet bin. Es war nicht deine Schuld. In dem alten Ferienhaus haben mich Kindheitserinnerungen überfallen, die bisher irgendwie blockiert waren.

Bille hat mir in der letzten Nacht auf den Zahn gefühlt und angeboten, mir über ihre Ex-Partnerin einen Termin für ein Erstgespräch bei einem Seelendoktor zu vermitteln. Ich denke, ich sollte das Angebot annehmen.

Ich würde mich freuen, wenn wir uns in Hamburg wiedersehen könnten, wenn auch erst mal nicht bei mir oder bei dir.«

David lachte. »Warum nicht, aber nur, wenn ich einen Leibwächter mitbringen darf. Nein, jetzt mal ohne Quatsch. Wir bleiben in Kontakt. Vielleicht bringst du es irgendwann über dich, mir die ganze Geschichte zu erzählen.

Und jetzt lass uns wieder zu den anderen gehen und zusammen was trinken. In einer Stunde grillen die Segler. Das solltet ihr euch nicht entgehen lassen. Vorher möchte ich euch aber noch Hannes vorstellen. Der steht wahrscheinlich bei Sabrina an der Theke.«

David nahm sie, als sie zurückschlenderten, bei der Hand, was Bille, die vor dem Clubhaus an der Holzbalustrade stand und neugierig zum Yachthafen hinüberschaute, mit breitem Grinsen quittierte.

Sie hatte zwei große Gläser mit eisgekühlter Cola auf der obersten Planke der Balustrade geparkt und bot David an, ihm ein Bier zu holen.

»Kommt überhaupt nicht infrage. Bin gleich wieder da und bringe meinen Freund mit. Nachher wird auch Sabrina abgelöst, dann könnt ihr beide näher kennenlernen.«

Die nächsten Stunden verliefen angenehm entspannt, zumindest für die Gäste der Strandsegler. Die diskutierten nämlich immer angeregter ihre Chancen bei den bevorstehenden Europameisterschaften im englischen Hoylake.

Einer von ihnen, der, wie Hannes wusste, in St. Peter-Böhl wohnte, bot an, Laura und Bille später vor dem Ferienhäuschen abzusetzen.

Sie gingen an diesem Sonntagabend, wie verabredet, früh schlafen. Bille hatte sich bereiterklärt, wieder oben neben Laura zu nächtigen, und verriet ihr, bevor sie sich Gute Nacht sagten, noch etwas, was sie erst am Abend von Davids Freund erfahren hatte.

»Hannes hat mir übrigens erzählt, dass David eine Schwester hat, die Anfang 30 ist, wegen beginnender ALS im Rollstuhl sitzt und im Haushalt seiner verwitweten Mutter wohnt. Er nimmt sie anscheinend ab und zu mit, wenn er in Hamburg und Umgebung bei Sportveranstaltungen Fotos schießt.

Dass ihr euch beide fürs Fotografieren interessiert, ist doch ein Ansatz, falls du ihn wiedersehen möchtest, und vielleicht kannst du dich ja mit seiner Schwester ein wenig anfreunden. Mach was draus.

Ich habe übrigens meinen Handywecker auf sieben Uhr gestellt. Wenn wir um acht loskommen, habe ich noch ein wenig Spielraum bis zu meiner Mittagsschicht.«

Sprach's, gähnte, rekelte sich wohlig in ihrem geliebten Schlafsack aus Fallschirmseide und gab kurz darauf Geräusche von sich, die eine Antwort auf ihre Ausführungen überflüssig machten.

Laura lag noch eine Weile wach und versuchte, sich alles, was im Verlauf des Sonntags passiert war, noch einmal in Erinnerung zu rufen. Über den Gedanken, wie angenehm sie Davids Geste empfunden hatte, als er mit ihr Hand in Hand zum Clubhaus der Strandsegler zurückgegangen war, fielen auch ihr die Augen zu.

Kapitel 11

Nach dem leider unvermeidlichen Telefonge-
spräch mit ihrer Mutter, das sie dank des mit
Bille auf der Rückfahrt von St. Peter-Ording im-
provisierten Rollenspiels einigermaßen gelassen
hinter sich gebracht hatte, war sie trotzdem einige
Tage nicht sicher gewesen, wie sie weiter vorge-
hen sollte.

Natürlich waren ihr, wie erwartet, bei ihrem
Rapport diverse Vorwürfe um die Ohren geflo-
gen. Von der Feststellung, Laura wäre selbst mit
der doch wirklich nicht schwierigen Aufgabe der
Durchsicht des Ferienhäuschens wieder mal überfordert gewesen bis hin zu dem leidigen Thema,
dass sie immer noch nicht gelernt hätte, ordentlich
mit fremdem Eigentum umzugehen.

Als ihre Mutter insbesondere wegen des kaput-
ten Autos auf einer persönlichen Aussprache be-
standen hatte, war Laura nur übrig geblieben, sich
in eine Notlüge zu flüchten. Letztendlich hatte sie
dann aber mit ihrer Bitte Erfolg gehabt, ihren Be-

such in Marienthal um eine Woche verschieben zu dürfen, weil sie sich auf anstehende Vorstellungen für ihr in Aussicht gestellte Hilfsjobs vorbereiten müsste.

Marias Telefonnummer herauszubekommen, hatte auf Anhieb geklappt. Ihre Bedenken, Maria könnte kein Interesse mehr an ihr haben, waren überflüssig gewesen.

Laura staunte, was nach mehrfachen Um- und Ausbauten aus dem alten Shoppingcenter Hamburger Straße geworden war, das heute unter *Hamburger Meile* firmierte. Nichts erinnerte noch an die alten Ladenzeilen aus ihrer Teenagerzeit mit ihren mäßig ausgeleuchteten, überwiegend langweilig dekorierten kleinen Geschäften und Boutiquen.

Das Café Saalbach, der von Maria vorgeschlagene Treffpunkt, musste sich laut Plan im ersten Stock befinden.

Auf dem Weg ins Obergeschoss des Shoppingcenters fuhren Lauras Gefühle Achterbahn. Sie freute sich darauf, Maria wiederzusehen, und machte sich gleichzeitig Gedanken darüber, wie sie ihr die gewünschten Auskünfte entlocken könnte. Würde sie aus Verbundenheit mit den alten Kaisers, mit Onkel Edi oder mit ihrer Mutter mauern? War sie vielleicht sogar extrem sauer, dass sie,

Laura, sich seit ihrem Auszug aus dem Haus ihrer Mutter nicht mehr gemeldet hatte?

Quatsch, beruhige dich. Sie hat doch am Telefon ganz entspannt geklungen, als sie meinte:
»Laura, Chica, wie schön, dass du mal anrufst. Ich habe mir das schon so lange gewünscht. Wie geht es dir? Kann ich was für dich tun?«
Nicht nur deine Stimme, Maria, die mir als Kind schon alleine tröstlich vorkam, sondern auch die dabei schlagartig aufgekommene Erinnerung an den beruhigenden Lavendelduft deiner Kleidung haben mich ermutigt, daran zu glauben, dass du mir vielleicht helfen kannst.
Okay, deine Erklärung, du könntest leider im Augenblick wegen Renovierungsarbeiten keine Besucher in deiner Wohnung empfangen, hat mich etwas irritiert. Dein Vorschlag für ein Treffen heute gegen 14 Uhr im Café Saalbach, weil es dort um die Zeit ruhiger zugeht als mittags und du dich ab dem späteren Nachmittag wieder im Haushalt deines derzeitigen Arbeitgebers einzufinden hättest, war immerhin besser als eine Absage.

Laura hatte Herzklopfen, als sie sich dem beschriebenen Café in der Mitte der oberen Etage näherte. Es schien aus einem nach allen Seiten offenen Containerblock zusammengesetzt zu sein, den man, um sein Innenleben überblicken zu können, erst mal komplett umrunden musste.

Im vorderen Teil, auf den sie gerade zuging, hielten sich nur ein paar kichernde Teenager auf, die sich abwechselnd mit ihren Eisbechern oder ihren Handys beschäftigten. Im nächsten Abschnitt, in dem sich auch die Thekenangebote befanden, fielen ihr auf Anhieb nur vier ältere Damen auf, die sich scheinbar köstlich unterhielten.

Laura versuchte, sich Marias Aussehen an ihrem letzten Arbeitstag im Kleinschmidt'schen Haushalt vor Augen zu führen, als sie ihr beim Abschied alles Gute für die ersten Schritte in ein Leben außerhalb des Hotels Mama gewünscht hatte.

Vermutlich war Maria inzwischen um die 55 Jahre alt und wahrscheinlich immer noch so rundlich wie eh und je. Laura musste grinsen, als ihr wieder die von Maria bevorzugten bunt gemusterten Arbeitskittel einfielen, unter denen sie nicht sonderlich ansprechende Strickpullover oder Blusen getragen hatte, dazu eher Röcke als Hosen. Ihre dunkelbraunen, sich bei feuchtem Wetter schnell kräuselnden Haare hatte sie über Jahre als schwer zu bändigenden Pferdeschwanz getragen, den sie bei der Arbeit zu einem Dutt zusammensteckte.

Moment mal, winkte ihr da nicht jemand vom Tisch hinter dem Damenquartett zu? Das konnte unmöglich Maria sein. Laura musterte die Frau mit moderner Kurzhaarfrisur, die einen lässig gebundenen schwarzen Schal über ihrem weinroten, recht eng geschnittenen Blazer trug, jetzt vom Tisch aufstand und rief: »Laura, hallo, ich bin hier hinten.«

Sie war es und irgendwie doch nicht. Jedenfalls nicht die Laura früher so vertraute, altbekannte Maria. Die neue rief aufgeregt und weiter winkend: »Laurakind, komm zu mir, lass dich in den Arm nehmen.«

Laurakind war von den Socken, als sie schließlich vor ihrer äußerlich total veränderten Maria stand, die sie kurzerhand an ihren Busen drückte. Und tatsächlich stieg Laura dabei wie in früheren Zeiten Lavendelduft in die Nase. Kurz davor, rundum sentimental zu werden, bemerkte sie, dass Marias Augen noch genauso flink wie früher unterwegs waren. Innerhalb von Sekunden fühlte Laura sich wie von Kopf bis Fuß vermessen sowie gewogen und musste sich anhören:

»Oh nein, du isst immer noch zu wenig. Passt denn überhaupt niemand mehr auf dich auf? Nein, nein, Chica, zieh bitte keine Schnute. Ich bin einfach nur froh, dich zu sehen, auch wenn du immer noch so ein dünner Hüpfer bist. Komm, setz dich zu mir.

Sag mir, was ich Gutes für dich tun kann. Hier ist Selbstbedienung, aber schau mal auf die Tafel da vorne. Wenn du mir verrätst, worauf du Appetit hast, gehe ich gleich zur Theke und hole es dir.«

Laura sah, dass Maria ein noch halb gefülltes Glas mit Latte macciato vor sich stehen hatte. »Maria, bleib sitzen. Ich habe im Moment keinen Hunger, ich besorge mir schnell einen Kaffee Amaretto. Bin gleich wieder da, dann können wir in Ruhe reden.«

Maria, ich wette, dass du mich jetzt auf dem Weg zur Theke auch von hinten scannst. Nach meiner Figur nimmst du nun garantiert mein Outfit unter die Lupe. Na und? Kann schon sein, dass ich mich bis heute so anziehe, als wollte ich mich immer noch gegen all die Kleidervorschriften in meiner Kinder- und Jugendzeit auflehnen. In meinem Kleiderschrank würdest du heute noch nichts finden, was meiner Mutter gefallen könnte.

Als ich Anfang des neuen Jahrtausends endlich den niedlichen Kleidchen entwachsen war, gabst du ihr auch noch recht, dass in ihren Augen löchrige Jeans, ausgeleierte Cargopants, kombiniert mit Kapuzenjacken oder bauchfreien Shirts, von schlech-

tem Geschmack zeugten. Meine Güte, ich habe damals weder ihr noch dir unter die Nase gerieben, wie zombihaft ich eure Klamotten fand.

In den letzten Jahren vor dem Abitur und besonders danach ging es bei den Streitgesprächen mit meiner Mutter allmählich um sehr viel unangenehmere Dinge als mein Outfit. Bis heute werde ich den Eindruck nicht los, dass sie mich für renitent, undankbar und dumm hält.

Laura seufzte, als sie sich mit ihrem Kaffee auf den Rückweg zu Maria machte, deren Herzlichkeit ihr wie früher guttat. Verdammt, wie sollte sie es denn mit dem jetzt schon in ihr aufkommenden schlechten Gewissen schaffen, das Gespräch in die gewünschte Richtung zu lenken, ohne dass Maria denken würde, sie sei weniger an ihr als an Informationen interessiert?

Als sie ihr wieder gegenübersaß, bekam sie einen Plastikbehälter in der Größe einer Butterbrotdose über den Tisch geschoben. Maria meinte verschmitzt:

»Am Telefon klangst du nicht sehr entspannt. Wenn es dir früher mal nicht gut ging, gab es eine todsichere Methode, dich glücklich zu machen. Ich habe dir deshalb Churros gebacken. Die da habe ich allerdings mit einem Schuss Baileys angerührt.

Ich weiß noch, dass du mal, als deine Mutter nach einem Damenkränzchen die Flasche nicht gleich weggeräumt hat, ganz verzückt davon probiert hast und es deswegen ein Wahnsinnsdonnerwetter gab.«

»Donnerwetter waren doch an der Tagesordnung. Was Baileys angeht, hast du recht, den mag ich immer noch und Churros auch. Danke, dass du dir dafür Zeit genommen hast. Aber nun erzähl, wie es dir geht und wo du jetzt arbeitest. Dass meine Mutter dich abserviert hat, als ich auszog, fand ich unmöglich. Jahrelang warst du für unsere Familie da und dann, zack, einfach Tschüss zu sagen, ohne sich zu kümmern, was aus dir wird, finde ich immer noch ziemlich happig.«

Maria runzelte die Stirn.

»Das ist so nicht richtig. Deine Mutter hat sich sehr wohl darum gekümmert, was aus mir wurde. Sie hat mich als Haushälterin an einen ihrer Starkunden, einen Witwer, vermittelt. Mir hätte gar nichts Besseres passieren können. Ich halte seitdem für ihn Haus und Garten in Schuss, und vor allem gefällt ihm, wie ich ihn bekoche. Neulich am Telefon habe ich dir nicht gesagt, warum meine Wohnung renoviert wird. Ich habe vor, demnächst auszuziehen und in sein Haus überzusiedeln. Na ja, wir sind uns im Laufe der Zeit persönlich nähergekommen und möchten mehr Zeit miteinander verbringen.«

»Mensch, Maria, das sind ja Neuigkeiten. Kein Wunder, dass ich dich vorhin nicht gleich erkannt habe. Deine neue Frisur ist super. Schlanker bist du auch geworden und wie du dich kleidest, Kompliment. Mann o Mann, wenn das meine Mutter wüsste.«

»Wieso sollte sie das nicht wissen? Wir haben immer noch Kontakt. Als ich sie neulich fragte, was du so machst, meinte sie, das würde sie selber gerne wissen. Sie erzählte, dass sie euer altes Ferienhaus in St. Peter verkauft hätte und mit dir gerne noch mal dorthin fahren würde, bevor es abgerissen wird. Sie hoffte, ihr könntet euch vielleicht bei der Erinnerung an die Zeiten, als dein Vater noch lebte, wieder ein wenig näherkommen. Hat das denn geklappt?«

Laura spürte, wie ihr Blut in Wallung kam, bemerkte aber nicht, dass sie mit ihrem Kaffeelöffel auf die Tischplatte trommelte. Als sich die alten Damen am Nebentisch konsterniert umdrehten, legte Maria beschwichtigend ihre Hand auf Lauras Arm und fragte:

»Was ist los, habe ich etwas Falsches gesagt? Deine Mutter wollte dir bestimmt nur einen Gefallen tun.«

»Das glaubst du? Ausgerechnet du, die doch über Jahre miterlebt hat, wie mich meine Mutter auf Abstand hielt?

Den Gefallen, mit mir dorthin zu fahren, hätte sie mir besser mal vor 19 Jahren tun sollen. Aber nein, damals beauftragte sie Onkel Edi, mich zu bespaßen, weil sie ausgerechnet in meinen Sommerferien mit meinem Vater in die USA reisen wollte. Es war aber nicht spaßig.

›Er kennt sich ja so was von gut mit Kindern aus‹, erzählte sie einer ihrer Bridgemitspielerinnen am Telefon.

Mir scheint heute, dass ihn bei Kindern speziell kleine Mädchen interessierten.«

»Laura, beruhige dich.« Maria unterband noch einmal Lauras Löffeltrommelfeuer und fragte: »Was willst du mir mit der Bemerkung, dass er besonders kleine Mädchen mochte, klarmachen? Ich weiß, dass er erst Erzieher war und später nach seinem Sozialpädagogikstudium Leiter eines Jugendamtes wurde. War er denn nicht nett zu dir?«

»So nett, Maria, dass ich vor einer Woche Panikattacken bekam, als ich mich in St. Peter-Ording wieder daran erinnerte.«

»Oh nein, heißt das, dass er …?«

»Weiß eigentlich meine Mutter davon, dass wir uns heute hier treffen?«

»Nein, bei unserem letzten Gespräch wusste ich doch noch gar nicht, dass du dich mit mir verabreden wolltest. Seid ihr denn nun zusammen nach St. Peter gefahren?«

»Sind wir nicht, und ich kann mir auch nicht vorstellen, dass sie bei ihren so wichtigen Terminen überhaupt mal vorhatte, ein paar Tage mit mir zu verbringen. Also hat sie mich beauftragt, alleine zu dem verkackten alten Ferienhaus zu fahren, um es nach eventuell noch brauchbaren Sachen durchzusehen. Dabei ging es eh nur noch um alten Kram, und einen Resteverwerter hatte sie sowieso schon beauftragt.«

»Und was hat das jetzt mit deinem Onkel Edi zu tun?«

»Maria, nach 1998 habe ich nie mehr an die Sommerferien mit ihm gedacht, in denen ich gerade mal elf Jahre alt war. Erst letztes Wochenende haben mich aus heiterem Himmel grässliche Erinnerungen an damals überfallen. Na ja, ich will ehrlich sein. Seitdem wünsche ich mir herauszufinden, ob meine Mutter wusste, in wessen Obhut sie mich damals gab.

Wie war denn dein Eindruck von ihm, wenn er mal nach Bergedorf kam? Was für ein Verhältnis hatte er zu seinem Vater, seiner Mutter und seiner Schwester? Hat man sich noch über ihn unterhalten, als er Ende der neunziger Jahre verschwand, als hätte ihn der Erdboden verschluckt?«

»Heißt das, dass deine Mutter dir gegenüber nie erwähnt hat, warum sich deine Großeltern wie die Kesselflicker in die Haare gerieten, wenn es um deinen Onkel ging?«

»Meine Mutter hat sich, solange ich denken kann, immer dagegen gesträubt, von früher zu erzählen. Ich muss endlich wissen, was da los war.«

»Ich bin Anfang 1983 von deinen Großeltern angestellt worden. Dein Onkel Edi muss fünf Jahre älter als deine Mutter sein und war demnach 33, als ich ihn kennenlernte. Er wohnte da schon lange nicht mehr in Bergedorf unter dem Dach deiner Großeltern.

Deine Mutter hat sich mal bei mir beklagt, dass ihr Vater sie als Kind kaum wahrgenommen hätte und ihr Bruder Edi immer der Liebling deiner Großmutter gewesen wäre. Er konnte anstellen, was er wollte, sie hätte ihn immer dem Vater gegenüber in Schutz genommen, der ihn für einen Hallodri hielt.

Einmal bekam ich mit, dass er nach einer seiner Schrotteinkaufstouren nach Hause kam und in der Küche wohl einen Rest von Zigarettenrauch der Lieblingsmarke deines Onkels gewittert haben muss. Er wollte von deiner Großmutter wissen‹ ob sein Sohn, der Herr Sozialpädagoge, mal wieder da gewesen wäre, um in seiner Abwesenheit zu schnorren.

Wie deine Mutter zu ihrem Bruder stand, habe ich nie so genau herausgefunden. Na ja, ein wenig merkwürdig fand ich es schon, dass sie sich immer dagegen wehrte, wenn er zu Besuch kam und versuchte, sie in den Arm zu nehmen.

Ich glaube mich zu erinnern, dass mal die Rede von einer Kommune war, in der er bis Mitte der 70er-Jahre gewohnt haben soll. Dein Großvater hatte sich nämlich mal darüber ausgelassen, dass es zu seinem Sohn gepasst hätte, in einem Nest von Linken unterzukriechen. Deine Mutter soll ihn damals ab und zu besucht haben und dabei das erste Mal mit deinem Vater in Kontakt gekommen sein. Sie müsste da um die 18 gewesen sein und hat ihn vermutlich erst Jahre später wieder getroffen, bevor sie 1985, zwei Jahre vor deiner Geburt, heirateten. Bei deinen Großeltern habe ich ihn nur einmal kurz vor der Hochzeit gesehen. Ach Laura, er war ein so attraktiver Mann und dabei noch wortgewandt und weltoffen.«

»Mach mich nicht traurig, ich habe nie aufgehört, ihn zu vermissen.

Lass mich noch mal auf meinen Onkel zurückkommen. Ich zerbreche mir den Kopf darüber, warum meine Mutter seit den Ferien im Sommer 1998 kein Wort mehr über ihn verloren hat. Zumindest nach dem Tod meiner Großmutter 2003 wäre es doch normal gewesen, dass sie und ihr Bruder als gemeinsame Erben wieder in Kontakt gekommen wären. Hast du davon was mitbekommen?«

Maria antwortete nicht sofort, sondern knetete ihre Hände, seufzte und meinte: »Nicht lange nach dem Tod deiner Oma Hermine und dem Hausverkauf hat deine Mutter doch die kleine Villa renovieren lassen. Ihr seid dann nach Marienthal gezogen, wo sie schon länger ihre Kanzlei hatte. Ich habe damals geholfen, Umzugskisten auszupacken. Dabei fiel mir ein Karton auf, den deine Mutter mit dem Vermerk ›Unterlagen Edi‹ markiert hatte. Ich wollte sie noch fragen, wo der hin sollte, als sie ihn mir aus der Hand nahm, in ihr Schlafzimmer brachte und sofort in den Kleiderschrank räumte.«

Laura konnte nicht fassen, was sie gerade gehört hatte. Die Wut, die schon wieder in ihr hochkam, konnte sie unmöglich einem Menschen anlasten, der immer gut zu ihr gewesen war.

»Maria, du hast mir wahrscheinlich einen wichtigen Tipp gegeben. Lass bitte vorerst unter uns bleiben, was du mir gerade erzählt hast. Ich verspreche dir, dass ich mich ab jetzt öfter bei dir melde. Ich muss unbedingt herausfinden, wie das alles zusammenhängt.

Wenn ich klarer sehe, rufe ich dich wieder an. Morgen bin ich bei Onkel Max und Tante Sofia in Othmarschen eingeladen. Meine Mutter hat mit ihnen nie besonderen Kontakt gepflegt, aber sie können mir vielleicht etwas über meinen Vater erzählen, was ich bisher noch nicht wusste.«

Marias Wangen waren stellenweise in den letzten Minuten rot angelaufen. Sie schloss Laura in ihre Arme, wie es eine Mutter nicht herzlicher hätte tun können, und hatte dabei Tränen in den Augen.

»Chica, pass auf dich auf. Du hast mich mit deinen Andeutungen ziemlich beunruhigt. Du solltest unbedingt mit deiner Mutter reden, bevor du dich weiter verrückt machst. Ich wünsche dir so sehr, dass alles gut wird.«

»Danke, Maria, dass du hergekommen bist. Du hörst bald wieder von mir, versprochen.«

Maria drückte ihr einen Zettel in die Hand.

»Ich habe dir hier aufgeschrieben, wo ich momentan nur tagsüber, demnächst aber immer zu erreichen bin. Du wirst uns dann ganz sicher willkommen sein.«

Kapitel 12

»Nächste Station: Othmarschen.«

Die Ansage aus der S-Bahn-Lautsprecheranlage riss Laura aus ihrer Gedankenwelt. Sie hatte versucht, sich unterwegs auf der Fahrt in eine Zeit zurückzuversetzen, in der sie häufiger bei Onkel Max und Tante Sofia zu Gast gewesen war.

Nachdem sie wie elektrisiert aufgesprungen und schon fast am Ausstieg war, bemerkte sie, dass sie den Strauß mit Gerbera, Tante Sofias Lieblingsblumen, auf ihrem Sitzplatz liegen gelassen hatte. Buchstäblich auf den letzten Drücker schaffte sie es, ihn zu holen, bevor sich die Türen der Bahn wieder schlossen.

Als Laura Onkel Max angerufen und ihm signalisiert hatte, dass sie ihn und Sofia gerne mal wieder besuchen würde, schien er sich riesig gefreut zu haben. Nachdem dann noch ihre Tante ans Telefon gekommen war, hatte sie, energisch wie eh und je, gleich Nägel mit Köpfen gemacht und Laura für heute zum Abendessen eingeladen.

Wie vor der Verabredung mit Maria fiel in Lauras Vorfreude auf ein Wiedersehen ein Wermutstropfen. Die beiden könnten bemerken, dass sie mit ihrem Besuch vorrangig den Zweck verfolgte, sie auszuhorchen, und ihr dies übel nehmen.

Zehn Minuten später lief Laura von der Reventlowstraße rechts in die Jungmannstraße. Gegen deren Ende erblickte sie, teilweise verdeckt von einer hohen Hecke, das rot verklinkerte Elternhaus ihres verstorbenen Vaters. Es konnte sich weder von der Größe noch von seiner Fassade her mit den teilweise sehr imposanten, strahlend weißen Bauwerken im vorderen Teil der Straße vergleichen. Ihre Großeltern Kleinschmidt waren nie für auffällige Außenwirkung zu haben gewesen und hatten sich eher einer gepflegten Eleganz im Inneren ihres Hauses sowie ihrem gediegenen Garten dahinter gewidmet.

Ihr Onkel Max, der ältere Bruder ihres Vaters, war dort mit seiner Frau Sofia und Sohn Dirk erst nach dem Tod von Lauras Großmutter Johanna eingezogen, als sie und ihr ein Jahr jüngerer Cousin schon fast aus den Kinderschuhen raus waren. Vorher hatte die Familie noch in der ersten Etage eines Wohn- und Geschäftshauses in der Waitzstraße in Othmarschen über der Anwaltssozietät im Erdgeschoss gewohnt, in der sich ihr

Onkel als Strafverteidiger einen Namen gemacht hatte. Laura war dort gerne zu Gast gewesen.

Bei Aufenthalten anlässlich irgendwelcher Familienfeiern, zu denen ihre Mutter sie per Taxi schickte, war Tante Sofia im Gegensatz zu Onkel Max der Meinung gewesen, man solle Dirk und ihr auch mal die Freiheit gönnen, aus dem Kreis der meist doch nur endlos diskutierenden Erwachsenen fliehen zu dürfen. Sie hatten dann von ihr Geld für einen Besuch in einem Eiscafé oder für Kinokarten zugesteckt bekommen.

Laura schmunzelte bei der Erinnerung, wie Dirk und sie sich einmal in den ersten Jahren des neuen Jahrtausends in die Haare geraten waren, weil er lieber den Film *Planet der Affen* sehen wollte und sie *Die fabelhafte Welt der Amelie*. Sie hatte sich durchgesetzt und war von ihm anschließend genüsslich wegen ihrer sentimentalen Schniefanfälle aufgezogen worden. Durch ihre gemeinsame Liebe zu Harry-Potter-Filmen waren sie sich später kurzzeitig noch mal nähergekommen, aber Laura hatte Dirks zunehmenden Hang zur Besserwisserei nicht mehr ertragen. Sein Abitur hatte er im Gegensatz zu ihr spielend geschafft und anschließend Betriebswirtschaft studiert. Wie sie bereits während des Telefongespräches erfahren hatte, würde er bald aus New York zurückkommen, wo er sich seit einem Vierteljahr beruflich aufhielt. Sie befürchtete, dass man sie an diesem Abend mit weiteren Berichten über seinen bemerkenswerten Werdegang beglücken würde.

Kurz nachdem sie die Klingel neben der im oberen Teil verglasten Haustür betätigt hatte, sah sie auch schon Tante Sofia mit einem breiten Lächeln über die Diele auf sich zueilen. Sie trug ein mit Mohnblumen übersätes Sommerkleid und darüber eine kleine Schürze, die ihre üppigen Formen eher betonte als kaschierte.

Bevor Laura über die Schwelle treten und etwas sagen konnte, wurde sie bereits mit dem Ausruf begrüßt:

»Komm rein, komm rein. Oh, Gerbera, wie toll ist das denn? Du hast dich an meine Lieblingsblumen erinnert.«

Sie nahm den Strauß entgegen, hielt ihn in ihrer Rechten von sich, drückte ihre Nichte mit der Linken an sich und bekundete weiter:

»Du glaubst gar nicht, wie ich mich auf diesen Abend gefreut habe. Ich bin zwar noch nicht mit allen Vorbereitungen fertig, aber Onkel Max ist draußen auf der Terrasse und wird dir schon mal zu einem Willkommensdrink verhelfen.«

An einem Kirschholz-Dielenschrank und einer Vitrine mit altem Porzellan vorbei, die schon zur

Aussteuer von Oma Johanna gehört hatten, wurde Laura Richtung Wohnzimmer dirigiert. Es wirkte ohne die frühere, die großen Fenster üppig verdeckende Gardinen- und Vorhangflut wesentlich heller als zu den Zeiten, in denen ihre Großmutter dort noch residiert hatte.

Laura mochte Tante Sofias Vorliebe für einen Einrichtungsmix aus alten und modernen Möbeln. Sie registrierte selbst im schnellen Vorbeigehen mit Bewunderung, dass die in Orange und Rot gehaltenen Kissen die weiße Sitzgarnitur aufpeppten und zusammen mit ein paar gleichfarbigen Accessoires dem Raum zu einer heiteren Note verhalfen.

Onkel Max kam ihr mit ausgebreiteten Armen durch die weit offen stehende Terrassentür entgegen.

Laura staunte, weil sie ihn noch nie in Jeans und T-Shirt gesehen hatte, aber er wirkte darin jünger als in seinen letzten Kanzleizeiten. Seine Grillschürze, auf der ein Smiley mit Kochmütze prangte, fand sie allerdings etwas daneben.

»Lass dich herzen, liebe Nichte. Du scheinst gerne im Untergrund zu leben. Wir werden dich heute Abend so lange festsetzen, bis du gestehst, was du so machst.«

»Nun mal ganz langsam, Onkel Max. Ich bin hier nicht vor Gericht.«

»Laura, das war ein Scherz. Ich habe dich wirklich vermisst. Komm, setz dich und sag mir, was du trinken möchtest. Deine Tante hat für sich einen Campari-Orange vorbestellt. Ich genieße gerade ein kühles Bier, weil ich am Grill schon beim Vorheizen ins Schwitzen gekommen bin. Womit darf ich dich verwöhnen?«

»Hach, ein großes Glas mit Leitungswasser wäre jetzt nicht schlecht und danach darfst du mir eine Weißweinschorle gönnen.«

»Kein Problem, ich muss dich dann nur mal kurz alleine lassen und in die Küche gehen.«

Laura blickte ihm nach und grinste. Während ihres kurzen Gastspiels in der Kanzlei hatte er sie mitunter ganz schön eingeschüchtert, wenn er in konservativ geschnittenen, dunklen, dreiteiligen Anzügen und wichtiger Miene Anweisungen erteilte. Daran gemessen fand sie plötzlich den albernen Kochmützensmiley verzeihlich.

Kompliment, Onkel Max, für einen fast Siebzigjährigen hast du dich gut gehalten. Sonnenbräune passt übrigens besser zu den Silbersträhnen in deinen dunkelbraunen Haaren als deine frühere Büroblässe.

Und du, Papa, wie würdest du heute aussehen? Wenn du nicht mit gerade mal 46 Jahren so tragisch umgekommen wärst, müsstest du jetzt Mitte sechzig sein. Auf dem letzten Foto, das ich von dir kenne, hattest du noch einen dunkelblonden Wildwuchs-haarschopf, dazu einen verwegenen, fast schwarzen Bart. Ich wüsste zu gerne, ob du den auch heute noch tragen würdest. Meine Mutter konnte ihn nie leiden.

Wie hast du dich mit deinem älteren Bruder in eurer Kindheit verstanden? Wie seid ihr als Er-wachsene miteinander ausgekommen? Du, der Un-ruhegeist, und Max, der abwägende Jurist – zwi-schen euren Überzeugungen müssen doch Welten gelegen haben. Was dachten deine Eltern über die Heirat mit meiner Mutter, was über Onkel Edi, eu-ren Trauzeugen?

Das sind verdammt viele Fragen. Hoffentlich be-komme ich hier im Laufe des Abends zumindest einige Antworten, die mich weiterbringen.

Laura schaute über den gepflegten Rasen zu der akribisch in Form gehaltenen südlichen Grund-stücksbepflanzung aus Büschen und Bäumen. Tante Sofias Blumenrabatten waren eine Pracht, und an den Rosen der Terrassenpergola war keine einzige verblühte zu entdecken. Alles hatte hier seine Ordnung. Wie den Garten hatten schon ihre Großeltern auch ihren Platz im Hamburger Bürgertum sorgfältig gepflegt. Onkel Max und Tante Sofia waren ihre untadeligen Nachfolger. Dirk hatte bereits seine Weichen gestellt, es ihnen gleichzutun. Lauras Mutter, Tochter eines Schrotthändlers und einer Hausfrau, war eine erfolgreiche Steuerberaterin und selbst Maria schien mit dem, was sie erreicht hatte, zufrieden zu sein. Aber was war mit ihr?

Sie kam sich vor wie ein Nichts.

Als sie die abgedeckte Platte auf einem Beistelltischchen neben dem Grill sah, auf der sich unter Klarsichtfolie Fleischspießchen und Würstchen befanden, stellte sie fest, dass sie einen Riesenhunger hatte. Der Gedanke, dass ein Nichts den wohl kaum spüren würde, erheiterte sie für einen Moment.

Tante Sofia erschien – inzwischen ohne Schürze, aber in einer Wolke von Küchengerüchen – auf der Terrasse und stellte ein Tablett mit je einer Schüssel Kartoffel- und buntem Blattsalat sowie verschiedenen Grillsaucen auf den Tisch. Bevor sie sich mit einem tiefen Seufzer in einen Gartensessel fallen ließ, versuchte sie mit ein paar Handgriffen, ihre vorher schon untadelig sitzende graumelierte Kurzhaarfrisur zu ordnen.

Nachdem auch Onkel Max mit den Getränken gekommen war, prostete er Sofia und Laura zu: »So, meine Damen, auf euch, mit dem Fleisch müsst ihr euch noch ein Weilchen gedulden.«

Während er das Grillgut auspackte und sich an die Arbeit machte, ließ Tante Sofia keine Zeit mehr verstreichen, um ihre Nichte unter die Lupe zu nehmen. Ihre Blicke waren nicht weniger neugierig als die, mit denen Maria sie während des Treffens im Shoppingcenter gescannt hatte.

»Sag mal, Laura, isst du auch genug? Viel scheinst du immer noch nicht zum Zusetzen zu haben. Du wirst hoffentlich gleich ordentlich hinlangen. Wie kommst du denn überhaupt so alleine klar? Kochst du dir was, oder gehörst du zu den jungen Leuten, die sich überwiegend von Fastfood ernähren?«

Onkel Max, der ihnen am Grill stehend den Rücken zugewandt hatte, drehte sich halb zu ihnen um und mischte sich ein.

»Sofia, ich bin genauso gespannt zu hören, wie es Laura geht. Das ist aber kein Grund, ihr mit deiner Neugier den Appetit zu verderben.«

Laura war ihm dafür dankbar. Ein Weilchen wollte sie an diesem Abend schon noch die angenehme laue Sommerluft, das Essen und die Fürsorge der beiden genießen, bis sie ihre Fragen stellen würde.

Es gelang ihr nur bis zu dem Moment, in dem sie alle das nach einem himmlischen Rezept ihrer Tante gefertigte Tiramisu ausgelöffelt hatten. Sofia zwinkerte ihr zu und war nun durch nichts mehr zu bremsen.

»Tja, hm, ich habe da heute auf meinem Küchenkalender einen besonders markierten Eintrag entdeckt. Du wirst am 3. September 30. Ich fasse es nicht. Bei Dirk ist es nächstes Jahr so weit. Wo ist bloß die Zeit geblieben? Aber gut, dass wir dich heute persönlich hier haben. Was wünschst du dir denn zu deinem dritten runden Geburtstag?«

Laura sah, wie Onkel Max die Stirn runzelte und hätte in dem Moment wetten mögen, dass seine Gedanken sich mit etwas anderem als einem Geburtstagsgeschenk beschäftigten.

Sie hatte sich nicht getäuscht. Er setzte eine ernste Miene auf und bemerkte:

»Du wirst also 30 und gehst, wie ich annehme, immer noch keiner festen Beschäftigung nach. Es ist auch in dieser Hinsicht eine Tragik, dass dein Vater so früh sterben musste. In deinem Leben wäre sonst garantiert einiges anders gelaufen. Warum deine tüchtige Mutter es in den vielen Jahren nach deinem Abitur nicht geschafft hat, dich für eine Berufsausbildung zu begeistern, ist mir allerdings bis heute ein Rätsel.«

Laura fühlte sich, als hätte sie einen Eimer Eiswasser über den Kopf bekommen.

»Ach ja? Dann möchte ich dich doch hier und heute darüber aufklären, dass mir meine in deinen Augen so tüchtige Mutter die einzige Ausbildung ausredete, die mich wirklich interessiert hätte. Ich hatte in einem Fotogeschäft ein Praktikum mit guter Beurteilung gemacht und ein Angebot bekommen, dort anzufangen. Zu Hause bekam ich zu hören, dass ich mir nicht einbilden sollte, in die Fußstapfen meines Vaters zu passen. Meine Mutter war beleidigt, dass ich mich nicht mit ihrem Beruf anfreunden konnte, und dein Versuch, mich für eine Ausbildung als Rechtsanwaltsgehilfin zu interessieren, war zwar gut gemeint, aber für mich eine Tortur.«

Als Laura immer lauter wurde, begann Sofia, ihre Serviette zu zerpflücken.

Onkel Max schwieg nur einen Moment, bevor er sich räusperte und anschließend konterte:

»So, junge Dame. Dann möchte ich dich jetzt meinerseits über etwas aufklären: Erwachsene Menschen sollten nicht andere dafür verantwortlich machen, wenn sie etwas nicht in die Reihe bekommen. Erzähl mir nicht, dass es in all den Jahren danach keine Möglichkeit mehr gegeben hätte, dich um eine Alternative zu kümmern, falls dir eine Ausbildung zur Fotografin tatsächlich etwas bedeutet hätte. Wo war also das Problem?«

Laura sprang auf und umkreiste zweimal den Esstisch, bevor sie ihrem verblüfften Onkel mit dem Zeigefinger vor der Nase herumfuchtelte.

»Das Problem? Mir kommt es so vor, als wäre mein Leben nach dem Tod meines Vaters mit Problemen gepflastert gewesen. Aber was wisst ihr denn schon wirklich von mir?

Du, Onkel Max, hast mir gerade aber einen großen Gefallen getan. Auf dem Weg zu euch war ich mir nicht sicher, wie ich es anstellen sollte, heute Abend Dinge zur Sprache zu bringen, die mir auf dem Herzen liegen. Ich hatte Angst, sie könnten euch peinlich sein.

Nach dem, was du da von dir gegeben hast, haben sich meine Bedenken in Luft aufgelöst.

Tante Sofia wollte vorhin wissen, ob ich mir etwas zum Geburtstag wünsche.

Vor einer guten Woche hatte ich ein Erlebnis, das mich mit Höchstgeschwindigkeit in meine Kinderzeit zurückkatapultierte. Seitdem wünsche ich mir herauszufinden, warum ich so wurde, dass ich mich oft selber nicht ausstehen kann.«

»Du sprichst in Rätseln. Rede endlich Klartext, um was es geht.«

Die Gesichtsdurchblutung ihres Onkels hatte

sichtlich zugenommen, während sich Tante Sofias Erregungskurve daran ablesen ließ, dass sich bei ihr Schweißtropfen auf Stirn und Oberlippe bildeten. Ihre Stimme klang nicht wie noch Minuten vorher, sondern schwankte in der Tonlage, als sie bat:

»Laura, setz dich doch bitte wieder hin. Ich verstehe nicht … wir hatten es doch bis vorhin so gemütlich. Erklär uns endlich, was das alles zu bedeuten hat.«

Laura holte tief Luft und ging wieder zu ihrem Platz. Tante Sofia zuliebe murmelte sie eine Entschuldigung. Sie tat ihr in ihrer Hilflosigkeit leid.

»Also gut. Ich bin vor einer Woche auf Wunsch meiner Mutter nach St. Peter-Ording zu unserem alten Ferienhaus gefahren, weil sie selber dafür wegen ihres wie immer überquellenden Terminkalenders keine Zeit erübrigen konnte.

Ein Bauunternehmer hat ihr unser altes Ferienhaus abgekauft, um es platt zu machen und auf dem Grundstück etwas Neues zu bauen. Ich sollte mich vorher dort noch einmal umsehen und aussortieren, was an Ausstattung oder Deko noch brauchbar oder von Erinnerungswert sein könnte. Heute denke ich, der von meiner Mutter schon vorher beauftragte Haushaltsauflöser hätte den ganzen Krempel auch ohne eine Besichtigung von unserer Seite ausräumen sollen, bevor die mit der Abrissbirne dran sind.

Nein, falsch. Da war zwar kaum noch etwas von Wert, aber wäre ich nicht hingefahren, würde ich auch weiter wichtige Erinnerungen verdrängen, die mit meinen Schulferien vor 19 Jahren zu tun haben.«

Nachdem Laura sich Mühe gegeben hatte, Onkel Max und Tante Sofia klarzumachen, was ihr bei ihrem Ausflug in die Vergangenheit passiert war, ohne dabei Davids Rolle oder die Hilfsbereitschaft ihrer lesbischen Nachbarin zu erwähnen, herrschte Stille. Die Schilderung ihrer Panikattacken nach der Prilblumen-Entdeckung und dem Auffinden des Zauberwürfels schienen auch so schon ausgereicht zu haben, die beiden in eine Art Schockstarre zu versetzen.

Onkel Max fand seine Stimme als Erster wieder:
»Wenn das wahr ist, was du gerade berichtet hast … Ich weiß nicht allzu viel über den Bruder deiner Mutter. Dass deine Eltern ein Ferienhaus besaßen, war uns bekannt. Nachdem wir Brüder beruflich und familiär ganz unterschiedliche Wege gingen, bekamen wir nicht mehr viel davon mit, was der jeweils andere zu welcher Zeit machte.

Dazu kam das sowieso nur oberflächliche Verhältnis zwischen deiner Familie mütterlicherseits, deinen Großeltern Kleinschmidt und meiner eigenen, nachdem ich geheiratet hatte.

Dein Vater und ich lernten deine Mutter Marlies kennen, weil sie ab und zu ihren Bruder in unserer Kommune besuchte. Lass mich überlegen – sie wird da kaum älter als 18 gewesen sein. Als dein Vater sie 1985, mehr als ein Jahrzehnt später, als seine Braut vorstellte, war ich überrascht. Dass meine Eltern davon nicht gerade begeistert waren, lässt sich nicht leugnen, aber als du zwei Jahre später geboren wurdest, haben sich alle darüber gefreut; besonders ich, weil ich dein Patenonkel werden durfte.

Deine Mutter hatte sich schon vor dem Tod deines Vaters bei uns rargemacht. Danach hatten wir noch seltener Kontakt. Du weißt ja, dass sie dich, wenn wir dich sehen wollten, am liebsten vor unserer Haustür absetzte. Zuletzt habe ich sie persönlich zu Gesicht bekommen, als wir über die Anlage deines Anteils aus dem Nachlass deiner Großmutter berieten. Was deinen Onkel angeht, glaube ich, ihn nach seinem Auftritt als Trauzeuge deiner Eltern auf dem Standesamt nie mehr wiedergesehen zu haben.«

»Onkel Max, deine Bemerkung vorhin: ›Wenn

das wahr ist«, hat ganz schön wehgetan. Mag ja sein, dass Beweise in deinem Beruf immer eine wichtige Rolle gespielt haben. Und wie sollte ich die heute, nach 19 Jahren, liefern? Ich war damals kein ganz kleines Mädchen mehr, aber doch eines, das Erwachsene noch für Götter hielt.

Dafür, dass seinerzeit nicht alles mit rechten Dingen zuging, sprechen ja wohl neben meinen zurückgekommenen Erinnerungen auch noch gewisse Indizien. Damit müsstest du dich doch auskennen.«

»Laura, werde jetzt nicht bissig. Lass uns lieber zusammen überlegen, wie wir dir helfen können.«

»Ich würde gerne eure Meinung zu der Tatsache hören, dass mein Onkel nach diesem Sommer spurlos von der Bildfläche verschwand. Meinem Vater ist das vielleicht während der kurzen Zeit, die er danach nur noch leben durfte, nicht mehr sonderlich aufgefallen. Aber weder meine Mutter noch meine Großeltern haben ihn jemals wieder erwähnt, und ich traute mich nicht zu fragen, weil ich glaubte, ein schlechtes Gewissen haben zu müssen.«

Tante Sofia, die bis dahin still zugehört hatte, konnte sich nun nicht mehr zurückhalten.

»Du hast recht, das ist schon ziemlich mysteriös. Wir haben damals gar nicht mitbekommen, dass du mit deinem Onkel in die Ferien geschickt wurdest. Wahrscheinlich waren wir zur gleichen Zeit mit Dirk unterwegs. Ich erinnere mich allerdings, dass du nach diesem Sommer und erst recht nach dem Unfall deines Vaters oft krank warst.

Bei der Trauerfeier für deinen Vater Ulf habe ich Edi nicht gesehen, dafür aber auf der Beerdigung deines Ömchens Hermine, wie du sie immer nanntest. Max hatte mich wegen eines Gerichtstermins gebeten, alleine hinzugehen, und dich hatte man, meine ich zu erinnern, weil du schon wieder krank warst, bei Maria, der Haushälterin deiner Großeltern, gelassen. Beim anschließenden Beerdigungskaffee erzählte jemand, dass dein Onkel Edi schon in seiner Jugendzeit ständig Krach mit seinem Vater hatte. Deine Großmutter soll ihn dagegen abgöttisch geliebt und ihm jeden Unsinn verziehen haben.

Irgendjemand brachte damals zur Sprache, dass er nicht mehr in Hamburg lebt. Es hätte da einen Vorfall gegeben, der ihn als Jugendamtsleiter in einem der nördlichen Hamburger Stadtteile die Anstellung kostete.

Vielleicht wusste das deine Mutter nicht und dachte, dass du bei ihm in besonders guten Händen bist.«

»Ja, toll. Ich erinnerte mich plötzlich wieder daran, dass er seine Hände in St. Peter-Ording nicht von mir lassen konnte, mir das aber als eine ganz natürliche Sache verkaufte.«

Tante Sofia sah sie entsetzt an und fragte: »Und was hast du jetzt vor?«

»Bei meinem Treffen mit Maria vor ein paar Tagen erfuhr ich, dass Ömchen Hermine ihr gegenüber ebenfalls etwas von einer Kommune erzählt hat, in der du, Onkel Max, mein Vater und Edi Anfang der 70er-Jahre zeitweise unter einem Dach gewohnt habt.«

Onkel Max sah sie mit gerunzelter Stirn an, als würde er über irgendetwas angestrengt nachdenken.

»Eben fiel mir eine Begebenheit aus dieser Kommunezeit ein, die mir rückwirkend betrachtet und im Zusammenhang mit deinen Schilderungen Bauchschmerzen macht. Ich brauche jetzt einen flüssigen Erinnerungsverstärker. Bin gleich wieder da.«

»Wenn der mal nicht das Gegenteil bewirkt«, bemerkte Tante Sofia. Sie setzte sich auf die Lehne von Lauras Gartensessel und nahm ihre Nichte in den Arm.

»Ich weiß nicht, was ich zu all dem sagen soll. Du hast uns von Vorfällen erzählt, die für mich unbegreiflich sind. Vielleicht hat deine Mutter sich so etwas auch nicht vorstellen können.«

Laura tätschelte ihren Arm: »Schon gut, Tante Sofia. Ihr könnt nichts dafür, aber unterstellt mir bitte nicht, ich hätte mir die ganze Geschichte nur aus den Fingern gesaugt. Und was meine Mutter angeht, bin ich nicht deiner Meinung.«

Onkel Max kam mit einem gut gefüllten Schnapsglas zurück.

»Entschuldige, Laura, dass ich eine kurze Auszeit brauchte. Ich habe versucht, in meinem Oberstubenarchiv zu graben.

Also, zum Thema Kommune kann ich dir Folgendes sagen:

1972, als ich aus diesem Haus flüchtete, hätte ich es hier von der Bequemlichkeit her noch gut bis zum zweiten Staatsexamen und einer danach wahrscheinlichen Anstellung aushalten können, wäre unser Vater nicht ein so schrecklicher Despot gewesen.

Ich weiß noch, dass er mir und meinem fünf Jahre jüngeren Bruder Ulf ständig drohte, uns jegliche Unterstützung zu entziehen, falls wir auf die Idee kommen sollten, uns wie manche der damaligen Studenten politisch zu radikalisieren. Mein Ding war das nie, aber was deinen Vater anging, der Journalistik studierte, war ich mir da nicht immer ganz sicher.

Die Kommune hatten ein mir bekannter Jurastudent und zwei junge Frauen zusammen mit deinem Onkel Edi – sie studierten alle drei Sozialpädagogik – gegründet. Eine der beiden Studentinnen war Mutter eines unehelich geborenen kleinen Mädchens, das damals so fünf oder sechs Jahre alt war.

Als der Jurastudent nach Bremen ziehen wollte, bot er mir sein Zimmer an. Schon kurz nach meiner Einquartierung fiel mir auf, dass sich die Frauen mit Edi Abend für Abend über ein Thema stritten, das ich damals nicht sonderlich ernst nahm. Edi behauptete, dass Kinder sich schon in jungen Jahren für Sex interessieren würden und auch das Recht dazu hätten. Man dürfe ihnen auf keinen Fall eine unnatürliche Scham anerziehen. Die Mutter der kleinen Tochter schien dieser Theorie aber nichts abgewinnen zu können.

Ich gebe zu, dass ich über derartige Verirrungen lediglich den Kopf schüttelte. Ich hätte aber spätestens dann misstrauisch werden sollen, als die Studentin mit Kind unsere Kommune unter der Angabe von wenig glaubhaften Gründen verließ.

Dein Vater zog dann in deren Zimmer ein, weil er es inzwischen zu Hause ebenfalls nicht mehr aushalten konnte. Logisch, dass ihm auch mal deine junge Mutter über den Weg lief, als sie deinen Onkel in unserer Kommune besuchte. Ihn

164

reizte wohl ihre herbe Art. Na ja, mich sprach sie damit weniger an.

Vorhin fiel mir wieder ein, dass die Kommilitonin der alleinstehenden Mutter, nachdem auch Edi ausgezogen war, andeutete, er hätte sich zu intensiv mit deren kleiner Tochter befasst. Ich hielt das jedoch für völlig absurd und maß dem Gerede keinerlei Bedeutung bei. Es tut mir leid, dass ich so blind war.«

Laura hatte nach den letzten Worten ihres Onkels Mühe, das zuvor genossene Essen bei sich zu behalten. Sie wollte nur noch zurück in ihre eigenen vier Wände und darüber nachdenken, was sie gehört hatte.

Onkel Max bestellte ihr ein Taxi. Als es vor der Tür stand, verabschiedete sich Laura von ihrer immer noch entsetzt wirkenden Tante und versprach, bald wiederzukommen.

Ihr Onkel begleitete sie nach draußen. Bevor sie in den Wagen stieg, schaute er sie ernst an und bekannte:

»Laura, ich bin fassungslos. Von der Ferienhausgeschichte habe ich nichts gewusst, aber ich hätte mich mehr um dich kümmern sollen, anstatt den Kopf darüber zu schütteln, dass du mir über viele Jahre so unerklärlich unstet, interesselos und manchmal sogar unangemessen aggressiv vorkamst. Es tut mir leid. Ich hoffe, ich kann das wiedergutmachen.«

»Danke, Onkel Max. Nun bin ich nicht mehr dazu gekommen, dich zu bitten, mir mehr über meinen Vater zu erzählen.«

Er nahm sie in den Arm, bezahlte die Taxifahrt und bestand auf einem baldigen Wiedersehen. Ihre Ankündigung, in Kürze ihrer Mutter auf den Zahn fühlen zu wollen, schien ihn zu beunruhigen.

»Laura, ich werde über Edi Erkundigungen einziehen, und vielleicht wäre es besser, ich würde bei dem Gespräch mit deiner Mutter dabei sein.«

Sie konnte ihm unmöglich erzählen, dass sie vorhatte, den Karton zu suchen.

»Onkel Max, ich rufe dich wieder an. Sie wird mir schon nicht den Kopf abreißen, nur weil ich ein paar Fragen klären möchte.«

Laura fragte sich während der Fahrt zu ihrer Wohnung, wie lange sie brauchen würde, um alles, was innerhalb einer guten Woche wie in einem Film im Zeitraffertempo über sie hereingebrochen war, zu verkraften. Aber stand da nicht in seinem Nachspann in dicken Lettern ein Zusatz, der sie ermutigen sollte?

Er lautete: Du bist nicht mehr allein!

Bille, deinen Einsatz, mich wachzurütteln und zum Handeln zu bringen, werde ich dir ebenso wenig vergessen wie deine Bemühungen, mir ein Erstgespräch mit einem Psychologen zu vermitteln. David, deine Bereitschaft, dich weiter mit mir zu treffen und mit mir offen reden zu wollen, bedeutet mir unglaublich viel. Maria, deine Fürsorglichkeit ist immer noch spürbar. Dir, Tante Sofia, danke ich für deine Herzenswärme und Onkel Max, du wirst daran glauben müssen, für mich künftig so eine Art von Vaterersatz zu sein.

Lauras Angst vor dem nächsten unausweichlichen Schritt, dem Gespräch mit ihrer Mutter, war immer noch da, aber nicht mehr groß genug, um es weiter hinauszuzögern.

Kapitel 13

Nein, reine Angst verspürte Laura nicht, als sie vor der gediegenen, in dezentem Gelb gestrichenen Villa ihrer Mutter in Marienthal stand, aber die Vielzahl der widersprüchlichen Empfindungen, die diese Adresse in ihr auslöste, hinderte sie daran, normal durchatmen zu können.

Während sie die Fassade des Hauses betrachtete, in dem sie fast zehn Jahre mit ihrer Mutter unter einem Dach gewohnt hatte, wurde ihr schmerzhaft klar, dass sie in ihm nie das Gefühl von Geborgenheit gespürt hatte. Dieses Gefühl hatte ihr in der Kindheit höchstens ihr Vater vermitteln können, und das auch nur bis zu den Ferien mit Onkel Edi. Tief in ihrem Inneren hatte seitdem ein generelles Misstrauen gegen die Glaubwürdigkeit von Erwachsenen einen immer größeren Raum eingenommen.

Laura konnte sich schwach daran erinnern, dass es vor der Renovierung der putzigen Villa von 2003 auf 2004 auf dem Grundstück noch einen

Vorgarten mit einer Hecke gegeben hatte. Die Hecke fiel wie die sonstige Bepflanzung einer Maßnahme zum Opfer, die ihrer Mutter zugunsten ihrer Klientel ratsam erschienen war. Die meisten von ihnen kamen schließlich nicht in Kleinwagen vorgefahren. Seitdem befanden sich großzügig dimensionierte Parkplätze vor und teilweise auch noch hinter dem Haus. Grün gab es nur noch auf einem schmalen Rasenstück. Die Angestellten der Steuerberatungskanzlei Kleinschmidt konnten dort bei gutem Wetter auf Gartenmöbeln aus Teakholz Platz nehmen, wenn sie in ihren Arbeitspausen frische Luft schnappen wollten.

Laura schaute nervös auf ihrem Handy nach der Zeit. Verabredet war sie mit ihrer Mutter für 15 Uhr und hatte demnach noch einen Spielraum von einer Dreiviertelstunde.

Und wenn es in einer Katastrophe endet, was ich vorhabe? Egal, ich will jetzt endlich wissen, was und warum sie seit meiner Kindheit etwas vor mir zu verbergen hat. Bevor sie von ihrem Friseurtermin zurückkommt, muss ich herausfinden, ob es den Karton noch gibt, von dem Maria sprach.

Macht mir das ein schlechtes Gewissen? Nein. Bin ich dabei, einen Vertrauensmissbrauch zu begehen? Aus ihrer Sicht bestimmt und rechtlich vermutlich auch. Aber bei dem, was sie mir eingebrockt hat, sollte mir das am Hintern vorbeigehen.

Verdammt, wenn ich bloß nicht so nervös wäre. Die Vorstellung, nichts zu finden, wird mich garantiert ebenso aufregen, wie fündig zu werden. Und wenn ich etwas entdecke, was mich noch mehr erschüttert als meine Entdeckungen in St. Peter-Ording? Soll ich dann gleich wieder rausstürmen, die Beweise auf den Tisch legen und das Gespräch sausen lassen?

Früher war die Putzkolonne, die Lauras Mutter für die Steuerberatungspraxis angeheuert hatte, montags, mittwochs und freitags ab 18 Uhr durch die Erdgeschossräume gespurtet. Die private Putzfrau für die erste Etage kam nie am Wochenende und im Dachgeschoss, wo Laura zuletzt gewohnt hatte, wurden nur noch Akten gelagert. Am Ende der Auffahrt, auf der rechten Seite des Gebäudes, befand sich die Garage, in der ihre Mutter, wenn sie zu Hause war, ihren Daimler verwahrte. Hinter dem hochgefahrenen Rolltor war im Moment nur gähnende Leere.

Laura ertappte sich dabei, wie sie trotzdem fortwährend angestrengt lauschte, nachdem sie die Tür zum Treppenhaus und auch die Wohnungstür zum Refugium von Marlies Kleinschmidt vorsichtig aufgeschlossen hatte.

Während sie über den Flur der Wohnung den Schlafraum ihrer Mutter ansteuerte, warf sie einen Blick durch die offen stehende Tür des Wohn- und Esszimmers. Alles darin sah aus wie früher.

Die beiden Räume waren gleich nach ihrer Renovierung von einer Innenarchitektin mit teuren funktionalen Designermöbeln bestückt und seitdem so belassen worden. Schrankwände mit anthrazitfarbigen Mattlackoberflächen, hellgrau die Ledersitzmöbel, dazu Glastische, auf denen kein Staubkorn geduldet wurde. Laura konnte sich nicht mehr erinnern, wann sich in dieser steril wirkenden Wohnung zuletzt Gäste aufgehalten hatten. Vielleicht nachdem sie ausgezogen war?

Ihre Mutter konnte mit ihren 62 Jahren doch nicht so was wie scheintot sein. Sie war nach wie vor schlank, gepflegt, legte Wert auf qualitativ hochwertige Bekleidung und hatte immer noch ein recht faltenloses Gesicht, dessen heller Teint zu den platinblond gefärbten, zu einem Knoten zusammengefassten Haaren passte. Nur diese Augen …

Laura wusste, dass sie deren blauen, kalten und scharfen Blicken auch gleich wieder ausgesetzt sein würde. Also nicht trödeln, sie brauchte Angriffsmunition für den Fall, dass sie sich trauen würde, ihrer Mutter ins Gesicht zu sagen, was sie sich schon so oft zurechtgelegt hatte.

Die Schlafzimmertür zu öffnen, kostete sie trotzdem Überwindung. Seit ihrem Wohnungswechsel aus dem Dachgeschoss der Villa in das Mietshaus in der Harkortstraße hatte sie das Allerheiligste ihrer Mutter, in dem sie jetzt stand, nicht mehr betreten.

Sie schaute wie hypnotisiert auf den ausladenden, früher im rechten Teil stets abgeschlossenen Eichenschrank, einem Erbstück ihrer Bergedorfer Großeltern, der das französische Bett und den davorstehenden Schreibtisch zierlich erscheinen ließ. Ihr Pulsschlag erhöhte sich, als sie den im Schloss steckenden Schlüssel sah. Sie konnte sich nicht erinnern, dass dies in früheren Jahren jemals der Fall gewesen war.

Du bist ein selten dummes Huhn und hättest gar nichts ausrichten können, wenn der Teil des Schrankes, in dem du die besagten Unterlagen vermutest, immer noch unter Verschluss wäre.

Den Mut, ihn aufzubrechen, hättest du denn doch nicht, und dass sie ihn für dich freiwillig öffnen würde, hättest du erst recht vergessen können.

Glück gehabt. Auch dumme Hühner finden mitunter ein Loch im Zaun, wenn ihr Halter mal nicht aufpasst.

Laura öffnete die Schranktür mit zitternden Fingern und zuckte bei dem dadurch ausgelösten, zwar nicht sehr lauten, aber dennoch ihre Ohren quälenden Quietschton zusammen. Einen Moment lang bildete sie sich ein, er wollte sie vor ihren Übergriffigkeiten warnen. Und wenn schon. Sie begann, den Schrankinhalt unter die Lupe zu nehmen.

Auf dem oberen und dem mittleren Regalbrett standen Akten mit Aufschriften wie: Versicherungen, Grundbuchauszüge, Bankunterlagen, Arztberichte, Grundstücksabgaben usw. usw., aber da war auch noch eine, deren Beschriftung sie irritierte. Pflegeeinrichtung *Pro Vitalia Hamburg-Bergedorf*? Was sollte das denn? Hatte ihre Mutter etwa schon mal ihre Fühler ausgestreckt, wo sie für den Fall der Fälle untergebracht werden wollte, wenn sie nicht mehr selber für sich sorgen konnte? Zuzutrauen war es ihr.

Laura nahm den Ordner in die Hand und schaute hinein. Viel beinhaltete er noch nicht, doch schon allein das zuletzt abgeheftete Schriftstück ließ ihre Augen größer und ihre Atemzufuhr erneut beschwerlicher werden. Es war Ende Juni von der Heimleitung des Senioren- und Pflegeheimes *Pro Vitalia* an ihre Mutter gerichtet worden.

Sehr geehrte Frau Kleinschmidt,
wir freuen uns, dass Sie sich als Pflegebevollmäch-
tigte ihres Bruders Eduard Kaiser für seine Unterbringung in unserer Einrichtung entschieden
haben.

Es ist für uns selbstverständlich, alles daran-
zusetzen, dass er auf unserer Palliativstation die
größtmögliche Versorgung erhält, damit er trotz
seiner schweren Behinderung durch den im Mai
erlittenen Schlaganfall …

Laura fühlte, wie ihr vor Wut das Blut in den Kopf
stieg. Sie feuerte den Ordner auf die rosenholzfar-
bige seidene Überdecke auf dem Bett ihrer Mutter.

Mach weiter, befahl sie sich. Du bist auf der richtigen Spur, um zu finden, was hier seit Jahren vor
dir verborgen wurde.

Auf dem nächsten Regalbrett unterhalb der Ordner standen diverse Bücher.

Aha, ein Gesundheitslexikon und diverse Diät-
anleitungen. Laura staunte; hatte sie ihre Mutter
doch oft genug über derartige Werke lästern hören.
Sie hielt immer noch den Kopf schief, um zu stu-
dieren, was auf den restlichen Buchrücken stand.
Bereits beim ersten neben den Diätratgebern blieb
ihr die Spucke weg:

»Pädosexualität und ihre Entkriminalisierung«

Sie riss das Buch heraus, schleuderte es auf den Boden und warf Sekunden später die beiden folgenden hinterher:

»Sex mit Minderjährigen« und »Die Paragrafen des Sexualstrafrechts«

»Scheiße, Scheiße … Das darf doch nicht wahr sein.

Laura raufte sich die Haare, ließ sich auf die Knie fallen und inspizierte jetzt das untere Schrankfach.

Ein Stück nach hinten geschoben stand ein Karton in der Größe, wie ihn Schuhhersteller für die Verpackung von Damenstiefeln benutzten. Laura zog ihn zu sich her und las: Unterlagen Edi.

Wie betäubt starrte sie einen Moment auf die mit schwarzem Filzstift geschriebenen Großbuchstaben und vermutete, dass es der Karton war, von dem Maria gesprochen hatte.

Lauras erster Impuls, vorsichtig den Deckel anzuheben, ging schnell vorbei. Wütend zerrte sie den Karton aus dem unteren Schrankteil, öffnete ihn, nahm ihn hoch und schüttete seinen gesamten Inhalt auf den Schlafzimmerboden.

Als sie sich etwas beruhigt hatte, fiel ihr Blick als

Erstes auf mehrere Fotokopien einer auf Eduard Kaiser ausgestellten Geburtsurkunde. Darunter lugte ein mit Kordelband geheftetes Dokument mit dem Aufdruck *Urkunde* hervor. Sie nahm es in die Hand, schaute unter das Deckblatt und sah, dass es ein notariell beglaubigtes Schriftstück war. Neugierig fing sie an zu lesen: Patientenverfügung und Pflegevollmacht. Das Dokument war datiert auf den 24. April 2017 und beinhaltete, dass Eduard Kaiser, geboren am 18. Mai 1950 in Hamburg-Bergedorf, wohnhaft in Hamburg-Barmbek, Schwalbenstraße 59, Frau Maria Elisabeth Kleinschmidt, geb. Kaiser, geboren am 6. Februar 1955 in Hamburg-Bergedorf alle nötigen Vollmachten erteilte, sich um seine Angelegenheiten zu kümmern, falls er dazu nicht mehr in der Lage sein sollte.

Schlaganfall, Pflegevollmacht, Seniorenheim – Laura spürte beginnende Anzeichen heftiger Kopfschmerzen, die sie immer dann befielen, wenn sie unter Anspannung bei sowieso schon flacher Atmung zeitweise auch noch die Luft anhielt.

Sie schaute erschrocken auf das von ihr angerichtete Chaos. Ihre Knie schmerzten. Als sie sich auf ihre vier Buchstaben fallen ließ, entdeckte sie zu ihrer Linken einen Brief, der halb unter das Edelbett hinter ihr gerutscht war. Als sie ihn in die Hand nahm, sah sie, dass ihn eine Hausverwaltung mit der Bezeichnung *HBV Hamburg Nord* Anfang Juli an Onkel Edi geschrieben hatte. Laura überflog den Text und glaubte ihren Augen nicht zu trauen. Die Hausverwaltung listete rückständige Mietzahlungen und eine immer noch nicht beglichene Nebenkostenrechnung plus Mahnkosten auf. Am Ende des Briefes befand sich ein handschriftlicher Erledigungsvermerk vom 10. Juli 2017.

War Onkel Edi schon länger pleite, oder hatte er schon vor dem Schlaganfall aus Krankheitsgründen seine Angelegenheiten nicht mehr ordentlich regeln können? Laura wollte es gar nicht so genau wissen.

Sie rief sich in Erinnerung, dass die Zeit knapp werden könnte, bis ihre Mutter zurück war und ihr die Hölle heiß machen würde, wenn sie das Schlamassel in ihrem Schlafzimmer entdeckte.

Was hatte sie noch nicht gesichtet? Sich dem verschnürten Bündel von geöffneten Briefen von Edi an seine Schwester zu widmen, würde zu viel Zeit in Anspruch nehmen. Waren da vorhin nicht auch ein paar ausgeschnittene Zeitungsartikel in den Raum geflattert? Die Tatsache, dass ihre Mutter sie ebenfalls in den Karton gesteckt hatte, konnte nur bedeuten, dass sie etwas mit Onkel Edi zu tun hatten.

Sie kroch auf allen vieren zu dem Stück Papier hin, das sie als Erstes greifen konnte. Es handelte sich um einen schmalen Zeitungsstreifen eines Hamburger Blattes mit der Überschrift

Hamburg, Dienstag, 5.5.1998

Kurznotizen

Die dritte der dort aufgelisteten Nachrichten war rot angemarkert. Laura las wie in Trance:

Dass der Leiter eines Jugendamtes eine hohe intrinsische Motivation (Amt und Arbeit mit innerer Überzeugung, Freude und großem Interesse ausüben) verspüren sollte, erscheint uns sinnvoll.

Hatte der im Bereich Sozialamt Hamburg Nord tätige Amtsinhaber Eduard K. vielleicht zu viel Freude an seiner Arbeit?

Nachdem 1996 eine psychisch kranke Mutter Anschuldigungen gegen Eduard K. erhoben hatte, er habe sich zu intensiv um ihre vom Jugendamt betreute Zehnjährige gekümmert, scheint es nun in einem anderen Betreuungsfall ähnliche Vorwürfe zu geben. Vor zwei Jahren wurde den Aussagen von K. mehr Glaubwürdigkeit beigemessen als den widersprüchlichen der kranken Mutter und ihrer offensichtlich häufig bei unterschiedlichen Personen um überzogene Aufmerksamkeit bettelnden Tochter.

Wir recherchieren seit gestern zu den erneuten Anschuldigungen und werden weiter berichten, sobald uns nähere Einzelheiten bekannt sind.

K. wurde nach unserer bisherigen Information vorläufig beurlaubt.

Laura ließ den Zeitungsstreifen fallen, als hätte sie sich an ihm verbrannt. Sie schrie gequält:

»Ich hatte recht. Du wusstest damals schon, wie dein Bruder Edi tickt.«

Laura hatte während der letzten Minuten alles um sich herum ausgeblendet, weshalb sie jetzt die scharfe Stimme ihrer Mutter hinter ihrem Rücken wie ein Blitzschlag traf.

»Was soll ich schon damals gewusst haben? Im Moment weiß ich allerdings, dass du in meinem Schlafzimmer nichts zu suchen hast. Ich verlange, dass du mir auf der Stelle erklärst, was du hier veranstaltest und warum du meinen Schrank durchsucht hast. Steh sofort auf und antworte mir.«

Laura drehte sich zu der Frau im dunkelblauen Hosenanzug um, die sie wie ein personifizierter Vorwurf anstarrte, und kam, als sie von einer neuen Wutwelle überrollt wurde, erstaunlich schnell auf die Füße. Sie richtete ihren Blick voller Abscheu auf die Person, die sie nicht mehr Mutter nennen wollte, und schleuderte ihr mit kicksender Stimme entgegen:

»Hör auf, in diesem Ton mit mir zu reden, und frag nicht so scheinheilig, was ich hier will. Wonach sieht's denn aus? Wenn jemand Antworten verdient hat, dann ich. Du kannst gleich damit anfangen. Deinen Bruder werde ich mir auch noch vorknöpfen, aber erst will ich wissen, was du dir damals dabei gedacht hast, mich mit diesem Kleinmädchengeilen in die Ferien zu schicken?«

Täuschte sie sich oder war die immer taffe Marlies Kleinschmidt unter ihrer frisch ondulierten Frisur um einiges blasser geworden? Sie schien sich aber schnell zu fangen. Als Laura sie mit verkniffenen Lippen und vorgerecktem Kinn auf sich zukommen sah, wäre sie beinahe in das alte Muster verfallen, sich einen Fluchtweg zu suchen. Stattdessen machte sie einen entschlossenen Schritt nach vorn und bewegte aufreizend langsam ihren Kopf nach rechts und links, als sie zu hören bekam:

»Ich habe keine Ahnung, was du dir da zusammengereimt hast. Es scheint jedenfalls ziemlicher

Blödsinn zu sein. Wenn du dir deinen Onkel vorknöpfen willst, bist du ein wenig spät dran.

Wo er sich befindet, hast du anscheinend herausgefunden. Er spricht nicht mehr, und wie es
aussieht, wird er auch bald nicht mehr atmen.

Aber nun zu uns. Hat dir, was unser Verhältnis
angeht, irgendein schlauer Psychofritze eingere-
det, Krach mit mir anzufangen, um dich endlich
zu emanzipieren?«

Laura zeigte ebenso langsam, wie sie ihren Kopf
geschüttelt hatte, mit ausgestrecktem Zeigefinger
auf die am Boden liegenden Bücher.

»Ich muss mir inzwischen gar nichts mehr zu-
sammenreimen. Dein Interesse am Thema Pädo-
philie und die Vorwürfe, die andere Onkel Edi
schon machten, bevor er seine eigene Nichte an-
grapschte, sprechen für sich. Ich habe übrigens
Onkel Max besucht und von ihm erfahren, dass
Edi während ihrer gemeinsamen Kommunenzeit
die Tochter einer Kommilitonin befingert hat. Und
jetzt willst du mir erzählen, dass du von all dem
nichts gewusst hast?«

Laura sah, dass der vorher noch so makellose
Teint ihrer Mutter hässliche rote Flecke bekommen hatte. Sie schaute ihrer Widersacherin mutig
in die Augen und sagte: »Keine Antwort ist be-
kanntlich auch eine Antwort.«

Ihre Mutter verlor das Blickduell, was noch nie vorgekommen war. Sie wich zurück, drehte sich um und ging zum Fenster des Schlafzimmers. Einen Moment lang war Laura versucht, ihr zu folgen, blieb aber wie erstarrt stehen, als ihr ein Gedanke durch den Kopf schoss, den sie vor lauter Schreck ungefiltert in Worte fasste:

»Du bist doch fünf Jahre jünger als dein Bruder Edi. Kann es sein, dass du als kleines Mädchen ähnliche Erfahrungen mit ihm gemacht hast wie ich viele Jahre später?«

Ihre Mutter drehte sich im Zeitlupentempo um und flüsterte: »Raus, und zwar ganz schnell.«

Laura hatte Marlies Kleinschmidt noch nie weinen sehen. Sie wusste nicht, ob sie triumphieren oder sich mies fühlen sollte. Da ihre Wut immer noch nicht ganz verraucht war, sagte sie im Hinausgehen: »Noch habe ich keine Tipps von einem Psychofritzen bekommen, einen Termin dagegen schon. Du solltest meiner Meinung nach ebenfalls einen aufsuchen. Was wir sonst noch miteinander zu regeln haben, wird künftig Onkel Max für mich erledigen.«

Laura warf die Schlüssel, mit denen sie sich in die Villa geschlichen hatte, Richtung Fenster.

Als sie die Haustür hinter sich zugezogen hatte, atmete sie tief, wenn auch noch nicht annähernd befreit durch. Ihr war bewusst, dass sie erst ein paar Schritte in eine Zukunft unterwegs war, die ihr weitere Fragen, hoffentlich aber auch hilfreiche Antworten bescheren würde.

Kapitel 14

Laura ließ sich Zeit auf ihrem Weg zwischen der S-Bahn-Station und der Seniorenresidenz, in der Onkel Edi, wie sie seit ihren neuesten Entdeckungen wusste, untergebracht war. Kurz bevor sie ihr Ziel erreichte, setzte sie sich auf eine der Bänke in der Grünanlage der Einrichtung. Ihre Gedanken fingen schon wieder an, Achterbahn zu fahren.

Edi, wie magst du inzwischen aussehen? Wie wirst du reagieren, wenn ich dir um die Ohren haue, was du mit deinem Egoismus angerichtet hast? War es dir schlichtweg egal oder dein Trieb stärker als jede Vernunft? Als Sozialpädagoge musst du doch schon früh und besonders später als Jugendamtsleiter gesehen haben, wie Missbrauch sich auf das ganze Leben von Kindern auswirkt.

Ich will, dass du, bevor du deinen Abgang hast, begreifst, dass du die Ursache für einige meiner Macken bist, vor allem aber für meine jahrelangen Ängste, ein Mensch zu sein, den man nicht lieben kann.

Laura ließ ihren Blick über die Seniorenanlage schweifen.

Da war sie wieder, die Unsicherheit, die sie nach der Auseinandersetzung mit ihrer Mutter seit Tagen quälte. War es richtig, einen Schwerkranken zu attackieren? Würde ihr Vorhaben eventuell sogar nach hinten losgehen?

Ihr Wunsch nach Genugtuung schwächte sich ab, als sie in Erwägung zog, sie könnte vor seinen Augen schlappmachen, falls er ihr trotz seiner Handicaps signalisieren würde, in seinen Augen immer noch ein Nichts zu sein.

Was also tun? Reingehen oder lieber doch nicht? Im zweiten Fall bliebe ihr dann nur, abzuwarten, bis er den Löffel abgab, und versuchen zu vergessen, was er ihr angetan hatte. Nach den Andeutungen ihrer Mutter konnte es bis zu seinem letzten Schnaufer nicht mehr lange dauern.

Sie ballte trotzig ihre Hände zu Fäusten. Nein, kneifen kam nicht infrage. Es wurde Zeit, Stabilität in ihr bisher reichlich zielloses Leben zu bringen. Bis zu ihren ersten Therapiestunden war es noch eine Weile hin, und vielleicht würde sie nachträglich erfahren, dass ihr Vorhaben keine gute Idee war.

Und wenn schon. Onkel Edi noch einmal in die Augen zu schauen, ließ sich einfach nicht mehr aufschieben.

Als sie an die Menschen dachte, die ihr Unterstützung auf einem besseren Weg in die Zukunft zugesagt hatten, entspannte sie sich etwas.

Mit David hatte sie einige Male lange Telefongespräche geführt. Einmal im Monat unternahm er Ausflüge mit seiner im Rollstuhl sitzenden Schwester. Für den kommenden Sonntag hatte er vorgeschlagen, Laura abzuholen, um etwas zu dritt zu unternehmen. Er war auf die tolle Idee gekommen, zum Haus der Fotografie in einem der Gebäude der Deichtorhallen zu fahren. Neben festen Fotokunstdarbietungen gab es dort Wechselprojekte wie die erneut anstehende *Triennale der Photographie,* auf deren Themenvorschau sie ebenso wie David gespannt war. Seine Damen wollte er anschließend während eines Besuches im Café des Gebäudes verwöhnen. Das war doch mal ein Angebot und zudem eine Gelegenheit, seine Schwester näher kennenzulernen. David wollte sie auch bei der Suche nach einer Lösung unterstützen, aus ihrer Freude zur Fotografie künftig mehr zu machen.

Zu ihrer Nachbarin Bille hatte Laura inzwischen immer mehr Vertrauen gefasst. Nach dem Crash in der Wohnung ihrer Mutter war sie von ihr getröstet, aber auch angehalten worden, sich von niemandem mehr verbiegen zu lassen. Neben ihrer erfolgreichen Initiative, Laura über ihre Beziehungen zu einem Erstgespräch bei einem Psychotherapeuten zu verhelfen, hatte sie inzwischen eine neue am Wickel. Vor ein paar Tagen hatte sie erklärt, Laura zu ihrem 30. Geburtstag ein außergewöhnliches Geschenk machen zu wollen. In Jans und ihrem Bistro ließe sich ein kleiner Empfang mit Imbiss organisieren, falls sie bis mindestens eine Woche vorher die Gästeliste bekäme.

Als sich Lauras Zweifel gelegt hatten, ob das klappen könnte, freundete sie sich von Tag zu Tag mehr mit Billes Vorschlag an. Mit Jan und seiner Geschäftspartnerin, Maria, David mit seiner Schwester, Onkel Max und Tante Sofia, vielleicht sogar mit Dirk und Freundin ließe sich eine nette kleine Runde zusammenstellen, in der sie an dem besagten Tag keine Trübsal blasen müsste.

Laura seufzte. So weit war es noch nicht. Also ab in die Höhle des Löwen und erkunden, ob er immer noch in der Lage war, sie einzuschüchtern.

An der Anmeldung der Residenz beschrieb man ihr den Weg zum Fahrstuhl, der sie kurz darauf in den dritten Stock brachte. Oben angekommen, folgte sie dem Hinweispfeil zum Stationszimmer, doch bevor sie es erreicht hatte, kam ihr eine weiß und rot gekleidete, freundlich grüßende

junge Pflegerin entgegen. Als Laura sich vorgestellt und nach dem Zimmer von Eduard Kaiser
gefragt hatte, wurde sie neugierig von der jungen
Frau gemustert, bevor sie Auskunft gab. »Das ist
aber schön, dass Sie Ihren Onkel noch einmal besuchen, bevor er ... hm, ich meine, bevor es ihm
noch schlechter geht, als das jetzt schon der Fall
ist. Kommen Sie mit, ich bringe Sie zu ihm. Er
wird sich bestimmt riesig freuen.«

Zwei Minuten später wurde Laura in ein Zimmer
geschoben, in dem sie im ersten Moment wegen
des Kontrastes zwischen dem dunklen Flur und
dem hellen Fensterhintergrund kaum Konturen
erkennen konnte.

»Hallo, Herr Kaiser«, rief die Pflegerin in den
Raum, »Sie haben Besuch von Ihrer Nichte«, und
zu Laura gewandt: »Erschrecken Sie nicht, wenn
er einen heftigen Hustenanfall bekommt. Dabei
kann auch schon mal seine Nasenbrille verrut-
schen. Wenn das passiert, drücken Sie auf den
roten Knopf neben dem Bett, dann kommt sofort
jemand aus dem Schwesternzimmer.«

Laura nickte und rührte sich erst von der Stelle,
als die Schwester den Raum verlassen hatte. Sie
versuchte herauszufinden, wo Onkel Edi war. Im
Bett an der rechten Zimmerwand lag er jedenfalls
nicht.

Sie blinzelte und blickte schließlich auf die Rückseite eines Rollstuhls, den man im Abstand von einem Meter vor der Fensterfront des Zimmers platziert hatte.

Als ihre Augen sich an das helle Licht gewöhnt hatten, entdeckte sie nur kurz oberhalb der Rückenlehne den teils kahlen, teils von einem dünnen Haarkranz umrahmten Hinterkopf eines Menschen – Onkel Edis Hinterkopf.

Laura ging langsam an der rechten Seite des Rollstuhls vorbei, um ihren Onkel von vorne betrachten zu können. Die Gestalt, die sie nun im Stuhl erkennen konnte, hatte ungefähr die Größe eines vielleicht zehn- bis zwölfjährigen Kindes, aber dafür halten konnte man sie bei näherem Hinsehen doch nicht, weil das ausgemergelte Gesicht auf dem faltigen Hals das eines alten Menschen war. Nichts erinnerte Laura auf den ersten Blick an das Gesicht ihres Onkels, wie es ihr seit ihrem Aufenthalt in Sankt Peter-Ording wieder in Erinnerung gekommen war. An sich kein Wunder nach 19 Jahren, aber mit dem, was sie jetzt sah, hatte sie nicht gerechnet.

»Hallo, Onkel Edi, ich bin's, Laura, deine Nichte«, brachte sie mit kratziger Stimme heraus, aber das dünne Männchen im dunkelblauen Trainingsanzug rührte sich nicht, schaute nur mit blassen

Augen zwischen faltigen Lidern weiter geradeaus auf die ausladende Krone eines Baumes vor dem Fenster.

»Es ist schon lange her, dass wir uns zum letzten Mal gesehen haben, genau genommen 19 Jahre. Meine Mutter hat mir erzählt, dass du kaum noch sprechen kannst. Ich hoffe das dein Denken dafür noch funktioniert und auch dein Gehör noch intakt ist. Halloooh, schau mich doch bitte mal an. Okay, ich sehe nicht mehr so aus wie damals, du aber auch nicht.«

Stille im Raum, nein, nicht ganz. Da war das blubbernde Geräusch aus dem Gerät, das auf der anderen Seite des Rollstuhls stand. Onkel Edi war mit ihm über einen durchsichtigen Plastikschlauch verbunden, dessen Ende in Schlaufen auslief, die man wie die Bügel einer Brille über seine Ohren geschoben hatte. Von dort trafen sie unter seiner spitz gewordenen Nase wieder zusammen und lieferten ihm über den in die Nasenlöcher geschobenen Austritt den von ihm offensichtlich dringend benötigten Sauerstoff. Das also war die von der Schwester erwähnte Nasenbrille, die Laura einen kurzen Moment lang zum Lachen reizte, bevor ihr Ärger die Ignoranz überwog, die Edi ihr gegenüber an den Tag legte. Sie hatte Lust, ihn kräftig zu schütteln, um endlich ein Zeichen von ihm zu bekommen, dass er sie wahrnahm.

Verdammt, du bist zwar nur noch ein Wrack, aber eines steht fest. Glaub bloß nicht, dass ich Mitleid für dich empfinde. Ich würde gerne wissen, warum du nicht die geringsten Hemmungen hattest, dich an mir zu vergreifen, als ich noch ein fröhliches Kind war.

Laura schluckte trocken. Sie setzte sich direkt vor Edi auf die Fensterbank, um ihm so die Sicht nach draußen zu versperren. Er verzog zuerst immer noch keine Miene, doch als er den Blick nach unten auf seine dünnen, blau geäderten Hände senkte, die vor ihm auf der schmalen Rollstuhl-Tischplatte lagen, schien sich sein faltiger Mund zu einem zynisch wirkenden Lächeln zu verziehen.

»Kann das sein, dass du dich über mich lustig machst?«

In Laura stieg Hitze auf.

»Deine Schwester hat dir doch bestimmt berichtet, wie sie unter ihrer missratenen Tochter leidet. Stell dir vor, ich bin inzwischen auf die Idee gekommen, dass es mit Problemen zu tun hat, die du mir eingebrockt hast, als ich ein wehrloses Kind war. Sie verfolgen mich bis heute.«

Sie zeigte auf seine Hände.

»Gib mir ein Zeichen, alter Mann, wenn du nichts sagen kannst. Heb einfach deine rechte Hand, wenn es dir leidtut.«

Seine Hände bewegten sich nicht, aber sein Lächeln war verschwunden.

Laura stand voller Wut auf, trat vor Edi hin und pflückte ihm seine Nasenbrille von den Ohren. Dann ging sie, ohne noch ein Wort zu sagen, Richtung Tür und verließ das Zimmer.

Erst nachdem sie die Hälfte des Flures hinter sich hatte, war ihr, als würde sie aus einem Albtraum aufwachen. Was hatte sie da im Affekt gemacht? Den alten Mann zu bestrafen, indem sie ihm Luftnot bescherte, änderte auch nichts mehr an dem, was er ihr als Kind angetan hatte.

Ihre Gedanken überschlugen sich.

Geh zurück und bring das sofort wieder in Ordnung. Wenn du jetzt den Racheengel spielst, wird zu all deinen anderen schrecklichen Erinnerungen noch eine weitere hinzukommen. Selbst wenn man dir nicht nachweisen kann, wozu du dich hast hinreißen lassen, wirst du den Gedanken nie mehr los, dass du nicht besser bist als er.

Laura atmete ein paarmal tief durch und kehrte in Edis Zimmer zurück. Sie brachte mit wenigen, nicht gerade sanften Handgriffen seine Nasenbrille wieder in Position und konnte es kaum fassen, als Edi sie mit seinen trüben Augen anblickte.

Er seufzte gequält, als sie ihr Gesicht dicht vor seins schob und sagte:

»Du warst zwar ein armseliger Typ, der sich keine Gedanken um mein Seelenleben gemacht hat, aber ich wünsche dir trotzdem eine nicht allzu schwere Reise.«

Bevor sie sich von dem menschlichen Wrack abwandte, das ihr einmal als Kind seinen Willen aufgezwungen hatte, sah sie, wie er seine rechte Hand hob.

Bereits veröffentliches Buch:

Titel: Werde ich im Winter noch Blumen finden?
Untertitel: Erinnerungen „am Nachmittag eines Lebens"
BoD, Norderstedt
ISBN: 978-3-8334-7664-8
Preis: 25,90 €